中公文庫

まんぷく旅籠 朝日屋

とろとろ白玉の三宝づくし

高田在子

中央公論新社

目次

まんぷく旅籠　朝日屋

とろとろ白玉の三宝づくし

第一話　命の潮

白み始めた空に向かって、曙《あけぼの》色の暖簾《のれん》が軽やかにひるがえった。

朝日屋《あさひや》の奉公人一同は表口の脇に並び立ち、戸口を見つめた。

ちはるはちらりと通りへ目をやる。

近隣から駆けつけた者たちが花道を作るように、大通りのほうへ列を成していた。

「何でっか、これは」

暖簾をかき分け、表へ出てきた孫兵衛《まごべえ》が目を丸くする。

「今日は祭りでもあるんでっか」

「何言ってんだ、孫兵衛さん」

孫兵衛のあとから出てきた朝日屋の主、怜治《れいじ》が笑った。

「みんな、大坂へ帰るあんたを見送りにきたに決まってんじゃねえか」

孫兵衛は、ぽかんと口を開けた。

「わてのため――?」

怜治がうなずく。

「正月の火事で、家族とはぐれた者たちのために、あんたは奔走してくれただろう」

奉公先である筒美屋《つつみや》の江戸店《えどだな》で、逃げた先の居場所など言伝《ことづて》を預かり、再び身内と会えるよう助力したのである。

「孫兵衛さんに恩義を感じている者は多いんだぜ」

「そないなこと……」

声を詰まらせる孫兵衛の肩に、作之助《さくのすけ》が手を置いた。江戸店を取り仕切っている、筒美屋の跡取りである。

「ほんまにありがたいことやなあ、孫兵衛。まだ日の出前やちゅうに、こうして、みなさん集まってくださって」

孫兵衛は目を潤ませながらうなずいた。列になっている人々を見回して、ふと一点に目を留める。

「太吉《たき》っつぁんも来てくれたんか」

孫兵衛の力添えで、幼少の頃から離れ離れになっていた実母との再会を果たした少年である。

太吉《たきち》が深々と頭を下げた。その横で、太吉の奉公先の主である丸屋嘉平《まるやかへい》も頭を下げている。

嘉平は正月の火事で妹夫婦を亡くしたが、その子供たちも孫兵衛の世話になっていた。

孫兵衛は二人に歩み寄る。

「元気でな。嘉平さん、太吉っつぁんを頼んまっせ」

「はい。できる限りのことをいたします」

「太吉っつぁんも頑張りぃ。葛飾《かつしか》のご両親によろしゅうな」

「はい」

太吉は顔を上げて、まっすぐに孫兵衛の目を見つめる。

「並木屋《なみきや》の立派な跡取りになれるよう、しっかり励みます」

孫兵衛は優しく微笑んで、太吉の肩を力強く叩《たた》いた。

「その意気や」

孫兵衛は作之助のもとへ戻ると、その後ろに控えている若い男に目を移した。孫兵衛と同じく、旅姿である。

「わても気張って、若いもんを育てていかなあきまへんなあ」

「当たり前や」と作之助が笑う。

「孫兵衛の商人魂を、みっちり仕込んだってくれや」

江戸店の手代を一緒に帰らせ、今度は大坂の店で修業を積ませるのだという。

孫兵衛の旅路が一人ではないと聞いて、ちはるたち朝日屋一同も安堵《あんど》した。まだまだ元気といっても、孫兵衛はやはり老齢だ。大坂までの道中で、何があるかわからない。

「若、任せといてください」

孫兵衛は自信に満ちた表情で、どんと胸を叩いた。

「わての経験と、若いもんの案を混ぜ合わせて、日本中をあっと驚かすような新しい流行を生み出してみせるさかい」

作之助は笑みを深める。

「楽しみにしてるわ。わたしも負けへんからな」

孫兵衛は心底から嬉しそうに目を細めた。

寂しさを握り潰すように、作之助が拳を固める。

「くれぐれも体に気ぃつけてな。弥生（旧暦の三月）に入って、だいぶ暖こうなってきよったいうても、まだまだ冷える日もあるさかい。油断したらあかんで」

「へえ」

「大坂のみんなによろしゅうな」

「へえ。若も風邪なんか引かんとってくださいよ。飲み過ぎもあきまへん」

「わかっとる」

しばし作之助と見つめ合ってから、孫兵衛は朝日屋一同に向き直った。

「ほな、みなさんもお元気で。ほんまに世話になりまして」

一人一人と目を合わせてから、孫兵衛は朝日屋一同に向かって頭を下げる。

「江戸での日々は、絶対に忘れまへん。おおきに」

朝日屋一同も深く礼を返した。

日本橋を渡るべく、孫兵衛が大通りに足を向ける。近所の者が、その背後に回り込んだ。長逗留《ながとうりゅう》をしていた孫兵衛と、食事処で何度か顔を合わせていた男だ。

「孫兵衛さん、お達者で！」

男が切り火を切った。カチカチッと小気味よい音が上がる。火打ち石で清めの火を打ちかけて、厄払いをしたのである。孫兵衛に続いて、筒美屋の手代にも切り火を切った。

二人は振り返ると、男に向かって深く頭を下げた。

「ほんまに、おおきに」

顔中しわだらけにした満面の笑みを最後に、孫兵衛は帰路に就いた。

孫兵衛の姿が見えなくなると、集まっていた人々が散っていく。

静まり返った通りには、昇り始めた朝日の輝きだけが残った。日輪《にちりん》の光が出ただけで、ぐっと暖かくなったように感じる。

「さあ、おれたちも行くぜ」

怜治が曙色の暖簾に向き直った。

「みんな、持ち場に就きやがれ」

「はい！」

ちはるは胸を張って、勝手口のほうへ回っていく慎介《しんすけ》のあとに続いた。

新しくやってきた泊まり客たちが草鞋《わらじ》を脱いで、綾人《あやと》の運んできた盥《たらい》で足をすすぐ。たまおとおふさの案内を受けて、二階の客室へ上がっていく。

言葉を交わす際のお国訛《なま》りの中に、孫兵衛の大坂弁がないことを、ちはるは寂しく思った。

ひと晩だけの逗留客も、ふた月を超える長逗留客も、どちらも同じく大事にしなければならぬと頭ではわかっているつもりだが、やはりともに過ごした日々が増えれば増えるほど、思い出も多くなっていく。

商人の孫兵衛から、ちはるたち朝日屋一同は改めて、仕事に対する心構えや取り組み方を学んだ。

――商いを極めるのは、一生修業やな――。

胸の中に響く孫兵衛の声に、ちはるはうなずいた。

日々の努力を欠いてはならぬと気合いを入れて、独活《うど》の下ごしらえをすべく包丁を手にする。

まず独活の根本を切り落とし、穂先と脇芽を切り分けていく。食べやすい長さに切った茎の皮を厚めにむいて、酢水にさらし、あく抜きをするのだ。

独活の独特な香りが指先に強く絡みつく。ちはるは鼻から大きく息を吸い込んだ。

やっちゃ場で仕入れたこの独活は、練馬《ねりま》の畑で栽培されたものだと聞いたが、野生の独活は山の急勾配に生えるという。

春の山で青々とした葉を広げる独活の群れを思い浮かべながら、ちはるは手を動かし続けた。

それから数日後の深夜——突然、表戸が外から叩かれた。

調理場にいたちはるは慎介と顔を見合わせる。

賄《まかない》を食べ終え、仲居の三人はすでにそれぞれの住まいへ帰った。忘れ物を取りにきたのだとしても、勝手口へ回ってくるはずだ。

控えめに、そっと戸を叩く音は続く。

入れ込み座敷にいた怜治が土間へ降りた。あとに続こうとする綾人を手で制し、一人で戸口に立つ。

「どちらさまで？」

戸を叩く音がやんだ。

「石島町《いしじまちょう》で船宿を営んでおりやす、権八郎《ごんぱちろう》と申します」

「——石の権八郎か」

警戒をあらわにした声で、怜治は身構えた。

「朝日屋に何の用だ」

ちはるは思わず調理場を出て、怜治に駆け寄る。

「馬鹿《ばか》、来るんじゃねえ。慎介のそばに戻れ」

怜治の鋭い声に、ちはるは頭を振った。

「権八郎さんとは天龍寺《てんりゅうじ》でお会いしました」

怜治が眉をひそめて、ちはるを見下ろす。

「こんな夜更けにやってきちゃ、怪しまれるのは当たり前でございますが、おれたちは決して朝日屋に害をなす者じゃございやせん」

戸の外から上がった声に、怜治は眉間《みけん》のしわを深くする。

「おれたちだと？」

「へい。弟分の三人と、この近くで倒れていた男が一緒でごぜえやす。一刻も早く手当てしたほうがいいと思いまして、こちらへ駆け込ませていただきやした」

怜治は戸に耳を当てて外の様子を探りながら、ちはるをじっと見続けた。

ちはるは大きくうなずく。

「権八郎さんは、慈照《じしょう》さまと親しくしていらっしゃいます。嘘なんかつきませんよ」

しばし思案してから、怜治は表戸を開けた。

すぐさま、ぬっと大男が現れる。ぐったりとした男を両腕に抱えていた。

「利々蔵《ききぞう》！」

ちはるが男の顔を確かめる前に、怜治が叫んだ。大男の腕の中で気を失っている利々蔵を覗《のぞ》き込み、息を確かめると、ほっと息をつく。

「とりあえず、そこに寝かせてくれ」

大男がうなずいて、入れ込み座敷へ向かった。

「綾人、医者を呼んで――」

「うちの大吾《だいご》を行かせやすぜ、旦那《だんな》。そのほうが早《はえ》え」

敷居をまたいできた権八郎が、怜治をさえぎった。

入れ込み座敷に利々蔵を寝かせた大男が、すぐにまた表へ出ていく。相撲取りのような巨体だが、驚くほど速い動きだった。

怜治が戸口を見つめる。

「疾風《しっぷう》の大吾か……」

権八郎が怜治の前に立った。

「お初にお目にかかります――が、おれたちのことをよくご存じのようで」

怜治は権八郎に向き直る。

「俺が火盗改《かとうあらため》にいた頃、その名を何度か耳にしたぜ」

権八郎は、にっと口角《こうかく》を上げた。

「今は互いに、善良な町人ってことですな。それより、おれたちが運び込んだ男とは、お知り合いで」

怜治がうなずく。

「魚河岸《うおがし》の若え者《わけ》だ。恵比寿屋《えびす》で修業している」

「恵比寿屋ってえと、本小田原町《ほんおだわらちょう》ですな。そっちにも知らせをやりますかい」

「ああ」

「うちの伊助《いすけ》を走らせますぜ」

言うや否や、権八郎の後ろに控えていた男が表へ飛び出していった。あまり顔を見ていなかったが、男のわりに、ずいぶんほっそりとした体つきだった。

「今のが、変化《へんげ》の伊助か」

怜治は、権八郎の後ろに控えているもう一人の男に目をやった。

「ってことは、そっちは雨音《あまおと》の善四郎《ぜんしろう》だな」

怜治に見つめられた男は微笑んで、うなずくようにゆっくりと瞬きをした。どことなく得体の知れぬ風情をかもし出している。

権八郎が目を細めた。

「遠い昔の二つ名は、どうぞ忘れておくんなさい。善四郎は今、八卦見《はっけみ》をしておりやしてね。大吾は駕籠《かご》かき、伊助は古着屋なんでさ。おれも小さな船宿の主に、ちんまりと収まっておりやす」

怜治は答えずに、利々蔵のもとへ向かった。

改めて利々蔵の様子を確かめる怜治の周りに、みな集まる。

怜治の後ろからそっと窺うと、利々蔵の顔は傷だらけだった。あちこち赤く腫れ上がっており、かなり血も出ている。めくれた袖から覗く腕や、裾から突き出た足も、ひどいありさまだ。

「綾人、客室に布団を敷いておいてくれ。動かしていいと医者が判断したら、連れていく」

「はい」

綾人はすぐさま二階へ上がっていった。

「すぐそこの、浮世小路《うきよこうじ》の近くに倒れていたんでさ。おれたちが通りかかった時にはもう気を失っておりやしたが、日本橋川《にほんばしがわ》のほうへ向かって手を伸ばしていましたから、魚河岸まで辿り着こうとしていたんでしょうか」

「こいつが住む長屋は瀬戸物町《せともちょう》にある」

怜治の言葉に、権八郎は「なるほど」と声を上げた。

「それじゃ、何としてでも長屋まで帰り着こうと思っていたのかもしれませんねえ」

間もなく、大吾に背負われた医者が到着した。

怜治が場を空ける。

「先生、すぐに診《み》てくれ」

大吾の背から転がり落ちるように下りた医者は、おろおろと戸口へ顔を向けた。

「見習が、わたしの薬箱を持っているのだが――」

大吾の足の速さについてこられなかったのだという。

「じきに来るだろう。さっさと利々蔵を診てくれねえか」

いら立つ怜治の眼差《まなざ》しに怯《おび》えたように、医者はそそくさと利々蔵の前に座った。

脈を取ったり、息を確かめたりしながら、利々蔵が倒れていた時の様子を尋ねる。医者の問いには、権八郎が淀《よど》みなく答えた。

「う、うぅ……」

利々蔵がうめいた。医者が両手で利々蔵の両肩を叩く。

「大丈夫か。ここがどこか、わかるかね」

利々蔵がうっすらと目を開ける。

「自分の名前を言えるか？」

「き……利々蔵……」

「どこに住んでおる？」

「瀬戸物町……長屋に……」

　利々蔵が顔をしかめた。

「痛むか」

　医者の問いに、利々蔵は小さくうなずいた。

「清潔な布を用意してくれ。水も頼む」

　ちはると慎介は調理場へ走った。料理に使うため買っておいた真新しい手拭いを慎介が取り出している間に、ちはるは水瓶の水を盥に移した。

　医者のもとへ盥を運んでいる間に、薬箱を持った見習が到着する。ぜぃぜぃと肩で息をつきながら、医者の横に腰を下ろした。

「遅くなり、申し訳ございません」

「着物を脱がせろ」

　医者の指示で、見習が手際よく利々蔵の帯をはずしていく。見習が着物の前を開くと、利々蔵の腹を赤紫の痣《あざ》が覆っていた。かなり血も出ているようだ。

　ちはるはとっさに目をそらした。とても見ていられなくて、医者の膝元に盥を置くと、足早に調理場へ戻った。

「うぅ……痛え……」

　利々蔵の苦しげな声が聞こえてくる。先ほど間近で嗅いだ血のにおいが、調理場まで流れ込んでくるようだ。

ちはるは入れ込み座敷に背を向けて、竈《かまど》の前に立つ。調理場にいつも漂っている出汁《だし》や醬油の香りを嗅げば、血のにおいが遠ざかっていく気がした。

やがて、いくつもの荒々しい足音が表口のほうから聞こえてきた。

ちはるは振り返る。

「利々蔵が運び込まれたってえのは本当ですかい⁉」

恵比寿屋の跡取り、藤次郎《とうじろう》が勢いよく飛び込んできた。そのすぐあとに仲買人の鉄太《てった》が続き、さらに鮪《まぐろ》屋の一助《いちすけ》、二助《にすけ》、岩五郎《いわごろう》たちが駆け込んでくる。

入れ込み座敷は、あっという間に魚河岸の男たちでいっぱいになった。

「しっかりしろ、利々蔵」

「いったい誰にやられたんだ、ちくしょうっ」

「静かにしろ。利々蔵の傷に響くだろうがよ」

低く響いた怜治の声に、魚河岸の男たちは押し黙る。

怜治は男たちを見回した。

「二階には泊まり客もいる。すまねえが、もう少し声を抑えちゃくれねえか」

藤次郎が頭を下げた。

「申し訳ねえ。利々蔵のこんな姿を見たら、頭に血が上っちまって」

怜治はうなずく。

「大事な弟分だ、無理もねえやな」

藤次郎が怜治の隣に腰を下ろした。魚河岸の男たちも入れ込み座敷に座り込んで、医者の手当てを受ける利々蔵をじっと見守った。

「命に別状はないだろう」

医者の言葉に、みなの口から安堵の息が漏れた。

「だが、しばらくの間は安静が必要だ。もし万が一、頭を打っているといかんから、今夜は動かさないほうがいい。明日また様子を見にくるが、吐き気をもよおしたりといった異変が出た時には、すぐ呼んでくれ」

「二階に布団を敷いてあるんだが」

怜治の言葉に、医者は階段を見上げる。

「上まで運ぶくらいなら、いいだろう。できるだけ、頭を揺らさぬようにな」

医者が帰り、利々蔵を客室へ移すと、男たちは改めて入れ込み座敷に集まった。

権八郎たち四人と魚河岸の衆が向かい合って座り、怜治はその間を取りなすような位置に腰を下ろした。

藤次郎が居住まいを正し、深々と頭を下げる。

「このたびは、うちの利々蔵が大変世話になりました」

横にならんだ鉄太と、後ろに控える男たちが、一斉に勢いよく頭を下げた。

藤次郎の真正面で礼を受けた権八郎が、ゆるりと首を横に振る。

「こっちは、ただ朝日屋に運び込んだだけで。たいしたこたぁ何もしていませんや。それより、お心当たりはねえんで？」

藤次郎は身を起こすと、いまいましげに顔をゆがめた。

「ちょいとした小競り合いなんざ、たいして珍しくもありやせんがね。この日本橋で、魚河岸に派手な喧嘩《けんか》を売るような輩《やから》となると、とんと見当がつきません」

権八郎が首をかしげる。

「日本橋界隈《かいわい》の者じゃないとしたら、どうです？　利々蔵さんが痛めつけられたあと、思いのほか長い道のりを這《は》いつくばって、ここまで戻ってきたんだとしたら――」

藤次郎と鉄太の後ろで、男たちが腰を浮かせる。

「いってえ、どこのどいつだ。舐《な》めた真似しやがって」

「魚河岸を敵に回したらどうなるか、思い知らせてやるぜ」

「土手っ腹に鮪包丁ぶっ刺してやらなきゃ、気が済まねえ！」

藤次郎がおもむろに右手を上げた。魚河岸の衆は口をつぐんで座り直す。

権八郎は感心したように目を細めて、藤次郎を見やった。

「昨夜、利々蔵さんはどちらに？」

「仕事が終わったあと、魚河岸の近くの店へ行ったはずです。売った魚がどんなふうに料理されているのか、食べ歩く修業をしておりまして」

　藤次郎がちらりと鉄太に目を向ける。

「昼過ぎに、ばったり江戸橋《えどばし》で会ったと言っていたな」

「へい。おれも利々蔵も、それぞれ別の馴染《なじ》みの店で昼飯を食ったあとでした」

　鉄太はそのまま自宅へ戻ったが、利々蔵は永代橋《えいたいばし》を越えて、深川《ふかがわ》のほうまで足を延ばしたはずだという。

「魚の扱いが上手《うめ》え料理人が、深川に新しく店を出したと聞いたらしいんでさ」

「万年町《まんねんちょう》二丁目の魚亭《うおてい》かい」と権八郎が口を挟む。

「仙台堀《せんだいぼり》の近くにあった料理屋を、居抜きで買い取ったんじゃなかったかな」

「それだ！　間違いねえ。利々蔵は、そこへ行ったんだ」

　鼻息を荒くする鉄太にうなずいて、権八郎は藤次郎へ視線を移した。

「川向こうのことなら、おれに任せてくんな」

　藤次郎が目をすがめる。

「これは魚河岸に売られた喧嘩だ」

「おれたちが調べたほうが、きっと早えぜ」

　権八郎が左右に顔を向けると、横に並んでいた弟分たち三人は自信満々の笑みを浮かべた。

「蛇《じゃ》の道は蛇《へび》」

善四郎が呟《つぶや》いた瞬間、どす黒いもやが蛇のようにうねうねと、その背後から這い出してきたような錯覚に陥った。

ちはるの背筋がぞわりと逆立つ。

調理場の入口から事のなり行きを見守っていた慎介と綾人も、悪寒を払い落とすように腕をさすっている。

「ここはひとつ、権八郎たちを頼ってみちゃどうだ」

いつもと変わらぬ怜治の声に、黒いもやが晴れた気がする。

「朝日屋の旦那がそう言うんなら……」

藤次郎は魚河岸の男たちを振り返った。

「てめらも、いいな。くれぐれも勝手に動き回ったりするんじゃねえぞ」

もどかしさを噛み殺したような低い声に、魚河岸の男たちは「応」と答える。

権八郎たち四人が立ち上がった。

「そんじゃ、さっそく行ってきますぜ」

「今からか？」

怜治の問いに、権八郎はにやりと笑う。

「外道《げどう》にゃ昼も夜もねえでしょう、旦那」

四人は軽やかに土間へ下りると、あっという間に深い夜闇の中に消えていった。

怜治が藤次郎へ顔を向ける。

「おまえたちも帰りな。明日も朝早えだろう」

藤次郎は、ふんと鼻を鳴らす。

「ひと晩やふた晩寝なくたって、死にゃあしません。それより、さくらを連れてきてもいいですか」

利々蔵の恋女房である。

「きっと今頃、あいつの帰りを待ちわびていると思うんで」

利々蔵の無事を確かめるまでは、いたずらに動揺させぬほうがよいと思い、まだ報《しら》せていないのだという。

怜治はうなずいた。

「利々蔵の体が落ち着くまで、一緒に寝泊まりすればいい。つきっきりで看病する人手は、うちにもねえしな」

それに、もし怨恨《えんこん》によって利々蔵が袋叩きに遭ったのであれば、さくらにまで危害がおよばないとも限らない、と怜治は続けた。

「長屋に一人でいるより、うちに来たほうが安心だろう」

藤次郎が舌打ちをして立ち上がる。

「それじゃ、さくらを連れてきますぜ」

鉄太が腰を浮かせた。

「坊《ぼん》、おれも行きます」

「坊と呼ぶんじゃねえっ」

どすの利いた声を落とされて、鉄太は中腰のまま固まった。

すさまじい怒気が藤次郎の体から放たれている。

「利々蔵をやったやつがわかり次第、すぐに礼参りができるよう、抜かりなく用意しておけよ」

「へい――わかっておりやす、藤次郎さん」

下駄を鳴らし、着流しの裾をひるがえしながら大股で出ていく藤次郎のあとに、魚河岸の男たちが続いた。

みなが去り、入れ込み座敷は怜治一人になる。

朝日屋の中に静寂が漂った。

「お茶でも淹《い》れましょうか」

重苦しい沈黙を断ち切りたくて、ちはるはそっと声を上げた。

「ちょっとひと息つきませんか。そのうち、さくらさんもいらっしゃるでしょうから、まだ寝られないし」

「おう、そうだな」

　慎介が急須と湯呑茶碗を用意する。

「あ、あたしが」

「たまには、おれが淹れてやるからよ。おめえは桜餅の残りを出しときな」

　食後の菓子として膳につけた、あまり物である。賄として出すには数が足りなかったので、小さな重箱に詰めて棚の上に載せておいたのだ。

　もう桜の季節も終わりなので、新しい菓子を考えねばならぬところだった。今日の仕事が終わってから、慎介と相談をすることになっていたのだったが、それどころではなくなってしまった。

　ため息を押し殺して、ちはるは桜餅を皿に移した。

「はい、どうぞ」

　入れ込み座敷で車座《くるまざ》になり、四人で桜餅を頬張る。

　怜治も、慎介も、綾人も、ものすごい速さで食べ終えたので、ちはるは目を丸くした。

「賄が足りなかったんですか？」

「いや、何だか疲れちまったからよ」

　無性に甘い物が欲しくなったのだと言う怜治に、慎介と綾人が同意する。

「利々蔵さんの姿を見て、気が張っちまったからなあ」

と言いながら、慎介は左手で右腕を押さえている。昔やくざ者たちに痛めつけられたことを思い出しているようだ。

綾人も押し込み事件がまぶたの裏によみがえったかのように、苦しげな顔をしている。

ちはるは調理場へ戻り、手当てを最後まで見ていなかったが、三人は利々蔵の体の傷を目の当たりにしたのだ。慎介と綾人はもちろんだが、荒事から離れて久しい怜治だって、さぞ張り詰めたことだろう。

ちはるは桜餅を嚙みしめて、じんわりと腹の底に落ちていく餡《あん》の甘みに身をゆだねた。

ほどなくして、さくらが駆けつけた。藤次郎と鉄太につき添われ、二階へ上がっていく。

ちはるは天井を仰いだ。

泊まり客たちをはばかってか、大きな話し声や泣き声は聞こえないが、痛々しい利々蔵の姿を前にして、さくらの胸は張り裂けんばかりではあるまいか。

少しぬるくなった湯吞茶碗を手にして、ちはるは茶を口に含んだ。

慎介が淹れてくれた緑茶はいつもよりわずかに濃く、その渋みが、今日の騒動を喉元から押し流してくれるような気がした。

翌日、目を覚ました利々蔵のために、ちはるは粥《かゆ》を作った。口の中も切れているというので、さほど嚙まずに食べられるよう、ゆるく米を炊いた。

「利々蔵さん、少しずつなら何とか食べられそうよ」

粥を運んでいったおふさが、さくらの朝膳を下げて調理場に入ってきた。

「さくらさんのほうも、しっかり食べられたみたい」

膳はすべて空になっている。

だが、残したら悪いと思って無理をしたのではないかと、おふさは眉を曇らせた。

「利々蔵さんが心配で、一睡もできなかったんじゃないかしら」

さくらの目の下に、大きな隈《くま》ができていたという。

「あんな姿を目の当たりにしちゃ、無理もねえ」

慎介が痛ましげな目を二階へ向ける。

「命に別状はねえと言われても、気が気じゃなかっただろうよ」

他の泊まり客の朝膳を下げてきたたまおも同意する。

「わたしたちだって、朝ここへ来て話を聞いた時には、本当に驚きましたものねえ。夜中に駆けつけたさくらさんの胸の内を思うと……」

たまおは瞑目《めいもく》して、ため息をついた。まるで自分の亭主が辻斬《つじぎ》りに殺された夜を思い返しているような表情だ。

慎介が気遣《きづか》わしげな目をたまおに向ける。

「まあ、目を覚ましたんなら大丈夫だろうよ。ここにいる間は、できるだけのことをしてやろう」

たまおは大きくうなずいて、おふさに目を移した。

「お休みの邪魔にならないよう気をつけながら、困り事がないか目を配りましょう」

「はい」

ちはるは慎介に向き直る。

「お粥の他に食べられそうな物がないか、あとで聞いておきます」

「医者がまた来るはずだから、その時、一緒に聞けばいい」

「はい」

出立する泊まり客を見送って、しばらくすると、権八郎がやってきた。

「よう、ちはるちゃん」

曙色の暖簾をくぐると、屈託のない笑みを浮かべながら、まっすぐ調理場へ向かってくる。

「昨夜は遅くまで大変だったなあ。ちゃんと眠れたかい？　今朝も早くから仕事してんだろ」

にこにこと、幼子をあやすように顔を覗き込まれた。

「大丈夫です。新しい献立《こんだて》を考えていて寝るのが遅くなることも、しょっちゅうありますから」

「ええよなあ。だけど、無理だけはするんじゃねえぞ」

「はい、ありがとうございます」

権八郎は満足げにうなずくと、入れ込み座敷を振り返った。

「ところで、朝日屋の旦那はいるかい」

権八郎が言い終わらぬうちに、怜治が二階から下りてくる。

「ちょいといいですかい、旦那」

表に向かって顎《あご》をしゃくる権八郎に、怜治は目をすがめた。

「利々蔵の件なら、うちの者みんなに知らせておきてえんだがよ」

下手《へた》に隠し立てをすると、かえって知らぬ間に危険に近づいてしまう恐れがある、と怜治は続けた。

「もし万が一、利々蔵を襲ったやつらがうちの周りをうろついても、どんなやつか見当がついているんなら、避けられるだろう」

怜治に同意するように、たまお、おふさ、綾人が集まってきた。ちはると慎介も調理場を出て、怜治の後ろに控える。

権八郎は眉根を寄せると、後ろ頭をかいた。

「まあ、おれが言わなくても、いずれ魚河岸の連中から聞いちまうだろうからなあ」

話の先を促すように、怜治が入れ込み座敷に腰を下ろした。

権八郎はその隣にどっかり座ると、じっとちはるを見つめる。

「絶対に近寄らねえと約束してくれよ？」

有無を言わせぬ強い眼差しに、ちはるは戸惑った。

怜治も眉をひそめている。

入れ込み座敷の脇に立つ朝日屋一同の顔をざっと見回してから、権八郎は語り出す。

江戸橋で鉄太と行き合ったあと、やはり利々蔵は、深川万年町一丁目にある魚亭という料理屋へ顔を出していた。

「利々蔵さんは料理に舌鼓《したつづみ》を打って、上機嫌に酒を飲んでいたらしいんだ。料理人も魚の扱いを褒められて、気持ちよくしゃべったって言ってた」

料理人も務めている店主と利々蔵は魚談議で盛り上がり、すっかり打ち解けたという。

ほろ酔いになった利々蔵は、魚亭の魚料理を何度も絶賛した。そして、しみじみとした口調でこぼしたのだ。

——食材を活かすも殺すも、料理人の腕次第だ。下手な魚料理を食べて、魚はまずいと思われちゃ、悔しくてたまらねえぜ——。

だから魚亭では、ずっと美味い魚料理を出し続けてくれよ、と続いた話だったのだが……。

「そん時、店主はつい、ぽろりと言っちまったんだ」

——客に料理をけなされて、魚河岸から届けられた魚のせいにしたやつもいるって話だからなあ——。

店主の言葉に、利々蔵は顔色を変えた。一気に酔いが醒《さ》めたような表情になって、事の仔細を店主に尋ねた。

おれも又聞きなんだがよ、と前置きをしてから店主は、出入りの棒手振《ぼてふり》が話していた噂《うわさ》を利々蔵に教えた。

本所松井町《ほんじょまついちょう》一丁目にある真砂庵《まさごあん》は、以前よりも味が落ちたと評判だ。掃除も行き届いておらず、座敷に大きな埃《ほこり》が落ちていたりもする。この頃は、客に文句を言われることも多くなった。

先日は、魚の煮つけに不満を抱いた客が金を出し渋ったという。以前来た時とまったく同じ品を頼んだのに、魚がかなり小さくなっていると言い張ったのだ。

——これで前と同じ値段だなんて、おかしいじゃないか。それに、今日の煮つけは何だか生ぐさかったよ。酒だって、ちっとも美味くないし——。

文句を並べ立てる客に閉口した女中は、主の久馬《きゅうま》を呼びに走った。

調理場から出てきた久馬は手にしていた出刃包丁をちらつかせながら客を睨《にら》みつけ、いけしゃあしゃあと言い放った。

——魚の文句は魚河岸に言ってくださいよ。この頃、魚河岸から届けられる魚が古くてねえ。大きさだって何だって、ろくなもんがねえんですよ——。

久馬の後ろには、柄の悪い男たちが三人並んでいた。包丁を握り直した久馬と強面《こわもて》の男たちに睨まれ、ひるんでしまった客は、すごすご帰るしかなかったという。

その話を聞いた利々蔵は、ぶるぶると拳を震わせた。

——魚河岸から届けられた魚が古いだなんて、そんなこと絶対にあり得ねえ。ちゃんと下ごしらえをしてやりゃあ、生ぐさくなるわけがねえんだ——。

魚亭の主は同意して、利々蔵をなだめた。

——まともな者は、魚河岸のせいじゃねえとわかってるさ。真砂庵の主が、てめえの腕の悪さを棚に上げているだけだろうって、みんな言ってるぜ——。

だが、利々蔵の憤りは収まらない。

——魚河岸は、江戸の台所を担ってるんだ。魚河岸の誇りを踏みにじるやつは、誰であっても許しちゃおけねえ——。

「そう言って、利々蔵さんは魚亭を飛び出しちまったんだとさ」

ふうっと息をつくと、権八郎はちはるの顔を覗き込んだ。

「大丈夫かい？」

じっと目を見つめられて、ちはるは我に返る。気がつけば、握りしめた両手の平に爪が食い込んでいた。そっと手を開いてみると、くっきり爪痕がついている。

「たまお、みんなに茶を淹れてくれ」

怜治の低い声が入れ込み座敷に落ちた。顔を見ると、ひどく強張《こわば》っている。久馬の話に、怜治も動揺しているのだろうか……。

たまおが調理場へ向かった。おふさもあとに続く。

ちはるは入れ込み座敷の前に立ちつくしたまま、動けずにいた。

真砂庵の久馬……。

ちはるの実家、夕凪亭《ゆうなぎてい》を乗っ取った時も、売れ残りの傷んだ魚を使っていたなどと嘘をついて、両親の悪評をばら撒《ま》いた男だ。青物の仕入れ先が公言通りではないと陰で吹聴したあげく、闇商人から異国の食材を入手しているという馬鹿げた噂まで立てられた。

あの男のせいで傷つく者が、いったい何人いるのか――。

ちはるの両手に再び力がこもる。

とん、と隣に立っていた慎介に背中を叩かれた。優しく赤子をあやすように、とんとんと何度も手の平を当ててくる。

その温もりと一定の拍子《ひょうし》に、ちはるの体がゆるんだ。手からも力が抜けていく。

おめえの気持ちはわかってる、わかってるぜ――慎介の手は、間違いなくそう告げていると、ちはるは感じた。

慎介は、久馬とは無縁だったが、やはり別の相手に魚絡みの悪評を立てられた過去がある。それがもとで魚河岸の鉄太との仲がこじれたのだ。難癖をつけてきたやつらのせいで利き腕に怪我《けが》を負い、福籠屋《ふくろうや》という大事な店を失って、一時は料理の道を捨てようとまでしていた。

夕凪亭を追い出され、両親を失ったちはるの苦しみは、同じような痛みを背負ってきた慎介にとって決して他人事ではないのだ。

たまおとおふさが茶を運んできた。ちはるたちもみな入れ込み座敷に座り、湯呑茶碗を手にする。

茶をすすり、気を静めるように大きく息をついてから、怜治が権八郎に向き直った。

「で、利々蔵が真砂庵へ乗り込んだのは確かなんだな？」

まるで火盗改の同心《どうしん》に戻ったような面持ちで、権八郎を見ている。

権八郎は湯呑茶碗を置くと、神妙な顔で居住まいを正した。

「夜にあの辺りをうろつきそうな者が何人か思い浮かびましたんで、今朝早くに住まいを訪ねてみたんです」

真砂庵の表口は、竪川《たてかわ》沿いの通りにある。一ツ目橋《ひとつめばし》のたもとに店を出すことが多い屋台の蕎麦《そば》屋や、仕事のあと必ず居酒屋に寄ってから帰る出職《でしょく》の男、二ツ目橋の近くをうろついている夜鷹《よたか》など——昨夜、竪川沿いを歩いたと思われる者たちに聞き込んだところ、利々蔵らしき男を見たという女がいた。

「かなり年増の夜鷹でね。客がなかなかつかまらねえんで、一ツ目橋のほうへぶらりと向かって、真砂庵から出てくる客を誘う手もあるかと考えたらしいんですよ」

それで、ちょうど店の前にいたのだという。

「ものすごい勢いで一ツ目橋のほうから駆けてきた男がいたんで、何事かと思って、まじまじと顔を見てたって言ってました」

男は前から走ってきたので、顔がよく見えたという。

「店の表口に提灯《ちょうちん》がともっていたのも好都合でしたぜ」

「それじゃ、女が見たのは利々蔵で間違いねえんだな？」

念を押す怜治に、権八郎は力強くうなずいた。

「女が教えてくれた背格好や顔立ちからして、まず間違いねえでしょう」

長年の間、色を売る商売をしてきた女は、男を見ると全身に隈なく目を走らせる癖がついているのだと自負していた。まず身なりで、どれだけ金を持っていそうか推し量る。次に、好みの顔や体つきをしているか確かめる。

「危ねえ目をしていねえかも、ちゃんと見るんだって言ってましたぜ。事が済んだあとで、なぶり殺されちゃたまらねえって笑ってました」

暗い路上で客を引く夜鷹には、常に危険がつきまとう。最下級の女と見下されて乱暴に扱われたり、辻斬りの刃の餌食になったり。権八郎が話を聞いたその女の仲間も、何人かは男に殺されているのだという。

「念のため、ここへ連れてきて利々蔵さんに会わせますかい」

怜治は頭を振った。

「きっと、その女の目は確かだろうよ」

権八郎も同意する。

「利々蔵さんは、まっしぐらに緋色《ひいろ》の暖簾をくぐっていったあと、表口から出てこなかったそうです」

怜治は顎に手を当て、瞑目した。

「勝手口から逃げたか……松井町の南は、武家地だったな」

竪川の反対側である。

「おっしゃる通りで――」

夜遊びから帰る途中の若い武士と、供の中間《ちゅうげん》が、よろめきながら歩く男を見かけていた。

権八郎は、その中間のほうから話を聞くことができたという。

「若さまの足元を提灯で照らしていた中間は、怪しい者が近づいてきたのかと思って、その男のほうに提灯を向けたんでさ」

提灯の明りの中に浮かび上がったのは、傷だらけで顔が腫れ上がった小柄な男だった。

「これも利々蔵さんに間違いありませんや。喧嘩でやられた町人だと思って、放っておいたそうなんでさ。下手に関わって、若さまの夜遊びが隣近所にばれちゃ外聞が悪いってんでね」

上役の娘との縁談が持ち上がっていたので、とにかく隠したかったらしい。

足早に屋敷を目指しながら、中間が最後に振り返った時、利々蔵は大川のほうへ向かって歩いていたという。

「一ツ目橋のたもとにいた屋台の蕎麦屋は、一度も利々蔵さんらしき男を見ていなかったそうなんです。ってこたあ、真砂庵へ向かった時は脇道なんかを使って表口へ回ったんでしょうが、日本橋へ帰ろうとした時は、屋台の蕎麦屋が店じまいをして帰ったあと、一ツ目橋と両国橋《りょうごくばし》を渡って、何とか浮世小路まで辿り着いたんでしょうねえ」

まるで利々蔵の足取りを自分の目で見ていたような口振りで、権八郎は語った。

しゃべり続けて渇いた喉を潤すように、権八郎が茶をあおる。

その姿を見て、ちはるも自分の喉の渇きに気づいた。いつの間にか、奥歯をぐっと嚙みしめていた。真砂庵の話を聞くと、やはりどうしても力んでしまう……。

茶を口にすると、すっかり冷めてしまった茶の渋みが、ちはるの舌にじんわり染み込んできた。

わずかに冷静さを取り戻せた気がする。

「さすがは石の権八郎だ。丸一日も経たずに調べ上げるとは、仕事が早えな」

怜治のねぎらいに、権八郎は頭を振った。

「それがねえ、旦那。肝心の真砂庵が、まだなんですよ」

利々蔵を痛めつけたのは、久馬が従えていたという柄の悪い男たち三人だろうが、そいつらは、いったいどこの誰なのか。

「もし用心棒が住み込みなら、朝っぱらからその面《つら》ぁ拝めるかもしれねえと思って、聞き込みのあと真砂庵へも行ってみたんでさ。久馬の顔も、弟分たちにしっかり覚えさせておこうと思いましてね」

だが、真砂庵の前まで辿り着けなかったのだという。

「表口の前で、大八車が引っくり返ってました」

車輪が壊れて横転したらしい大八車からは、ひとつ残らず積み荷が落ちていた。

「これがまた厄介でしてねえ」

道に転がっていたのは、いくつもの米俵だった。いったいどんな落ち方をしたのか、俵の大半は破れ、中から飛び出した大量の米が辺りに散乱していたと、権八郎は顔をしかめる。

「米屋の奉公人たちが、必死になって米をかき集めていたんでさ。『米を踏まないでください、ここを通らないでください』と、道行く者たちに頭を下げ回っていてねえ」

真砂庵の前を通ろうとしていた者たちは仕方なく引き返し、川の反対側を通って遠回りしていたという。

怜治は目をすがめた。

「勝手口のほうはどうした」

権八郎は苦笑しながら後ろ頭をかく。

「法仙寺《ほうせんじ》駕籠が、でーんと停まっていましたよ」

町駕籠の中で最上級の物である。裕福な町人や、小身の大名などが、裃《かみしも》着用の際に乗ることが多かった。

「供侍が駕籠に張りついてましたんで、中にいたのは武士でさ。主の大事な鼠《ねずみ》が屋敷から逃げ出しちまったってんで、探し回っていたらしいんですがね」

鼠の飼育は、宝暦（一七五一〜）から明和（〜一七七二）にかけて流行り始めたといわれている。天明七年（一七八七）には、鼠の交配方法などが記された『珍翫鼠育草《ちんがんそだてぐさ》』が刊行されていた。

怜治は腕組みをして宙を睨む。

「おい、まさかとは思うが、鼠一匹探し出すために『この道を通ることまかりならぬ』なんて言ってたんじゃあるめえな」

「いや、そこは町人相手でも『あいすまぬが』って、下手に出てましたぜ。何でも、ものすごく珍しい毛色の鼠だそうで、何両もしたそうなんですよ。で、うっかり踏み潰しちゃ大変だってんで、近所の者たちはやっぱり回り道をしていました」

怜治は腕組みをしたまま、眉間に深いしわを寄せる。

「あまり言いたくはねえが、こういう時のおれの勘はよく当たるんだ」

「おれもですよ、旦那」

権八郎は乾いた笑い声を漏らした。

「真砂庵の表も裏もふさがっているだなんて、偶然にしちゃ、あまりにもでき過ぎているじゃありませんか。どんな茶番かと思いましたが、駕籠に張りついていた供侍の身のこなしは、まぎれもなく本物の武士のようでしたぜ」

怜治は頭痛をほぐすように、眉間のしわを揉んだ。

「真砂庵の客筋は？」

「ちょいとした小金持ちが多いようですねえ。最初は、近所の長屋者も出入りしていたらしいんですが、夕凪亭の時より高いってんで、すぐに離れていったそうです」

ちはるの胸に、つきんと痛みが走った。

「たまに、いかにも裕福そうな身なりの町人や、身分の高そうな武士が、人目を避けてやってくるそうなんでさ」

屋根を黒羅紗《くろらしゃ》で覆い、腰と棒も黒塗りにした忍《しのび》駕籠が真砂庵の前に停まっているところを見た者がいるという。降りてきたのは忍頭巾をかぶり、腰に二刀を差した男だった。

「この頃は、久馬が調理場に入ることも少なくなったようでしてねえ。上客が来る時には自分が包丁を振るうんですが、あとは若い料理人に板場を任せて、奥へ引っ込んでいることが多くなったそうでさ」

ちはるの胸の中で、むくむくと膨れ上がる怒りがとぐろを巻いた。

いったい何だ、それは——久馬は何のために、夕凪亭を乗っ取ったんだ——自分が店をやりたいからじゃなかったのか——。

「明日の夜までには、真砂庵の内情がもっとわかると思うんですが」

弟分である善四郎、大吾、伊助の三人が聞き込みを続けるとともに、真砂庵を見張っているのだという。

「頼む」

怜治が深々と頭を下げた。

「自分で調べてえのはやまやまなんだが、今おれが動けば、久馬も警戒するだろう」

「頭を上げてくだせえよ、旦那」

権八郎が目を細めて怜治を見つめた。

「今の旦那は、善良な町人じゃありやせんか。危ねえ橋に近づいちゃいけませんぜ」

怜治は顔を上げる。

「だが、それを言ったら、おまえだって」

「船宿には、後ろ暗い客なんかもたまに来ますからねえ。足を洗ったあとも、何やかんやと、その筋の者に貸しを作ることがあるんでさ。その貸しを存分に使いますんで、こっちのことは心配ご無用でさ」

権八郎は穏やかな表情から一転して、ぎろりと睨みつけるように、怜治の顔をぐいと覗き込んだ。

「それより旦那、あんたは朝日屋の主として、しっかり、ちはるちゃんを守ってくだせえよ」

怜治は権八郎の目をじっと見つめ返す。

「それはもちろんだ。誰が相手であっても、うちの者には指一本触れさせやしねえ」

権八郎は満足げに口角を上げると、一礼して立ち上がった。

「そんじゃ、ちはるちゃん、またな」

にかっと笑った権八郎は、まるで物見遊山にでも出かけるような軽い足取りで去っていった。

ちはるは湯呑茶碗の底に沈んでいた細かい茶葉を飲み干す。

けれど胸の中に生じた鬱屈が、細かい粉のように舞い散って、あと味の悪さをいつまでも残していた。

権八郎が帰ってしばらくすると、医者が見習を従えてやってきた。二階へ上がり、利々蔵を診ると、もう長屋へ帰っても大丈夫だと判断を下す。

「骨は折れていないし、頭も打っていなかったようだからのう。ただし、傷に障るような無理をしてはいかんぞ」

利々蔵の食事について医者に質問しようと、客室の外に控えていたちはると慎介は、ほっと安堵の息をついた。

室内にちらりと目を向けると、布団の上に身を起こした利々蔵が医者に向かって頭を下げていた。その隣では、さくらが袖で目元を押さえている。

「先生、ありがとうございやした」

「本当に、お世話になりまして」

医者は鷹揚《おうよう》にうなずいて退室する。

「あの、利々蔵さんのお食事については……」

ちはるが声を上げると、医者は立ち止まった。

「腹を壊しておるわけではないから、特に気にせずともよかろう。ただし、口の中が切れておるので、硬い物が傷に当たれば痛むだろうし、醤油なども染みるだろうがの」

「わかりました。ありがとうございます」

医者と見習が階段を下りていく。たまおとおふさの見送る声が階下から聞こえてくる。

客室の隅でじっと診察を見守っていた怜治が口を開いた。

「まあ、急いで帰ることもねえやな。さくらも、仕事は休みにしてもらえたんだろう? あとで藤次郎たちも顔を出すだろうから、少なくともそれまでは、ここでのんびりしてな」

利々蔵とさくらは怜治に向かって深々と頭を下げた。

「本当に、何から何まで――」

「いいってことよ。それより」

怜治は利々蔵の枕元にずいっと膝を進めた。

「しゃべれるんなら、聞きてえことがある」

昨日の利々蔵の足取りを、怜治は確かめた。危ない橋に近づくなと権八郎に言われたばかりだが、やはり何があったか聞かずにはいられないのだろう。

ちはるも「知りたい」という気持ちを止められず、廊下に腰を下ろしたまま客室の中の話に耳を澄ましていた。慎介も立ち上がろうとはせず、ちはるの隣にじっと座っている。

怜治に問われるまま利々蔵が答えたところによると、権八郎の調べと推量は見事にぴたりと当たっていた。町方の岡っ引きたちも敵《かな》わぬ仕事ぶりではないかと、ちはるは舌を巻く。慎介も、感心しきりの表情だ。

「真砂庵の悪い噂は、魚亭で聞く前から耳にしていたんでさ」

魚河岸に出入りしている棒手振たちが、利々蔵に愚痴をこぼしていたのだという。

「真砂庵の久馬ってやつは、とんでもねえけちだそうで」

目についた一匹の魚を指差し、これはいくらかと値を聞く。棒手振が値を告げると、機嫌顔で全部買うと言って、魚の入った桶《おけ》を調理場の中へ運ばせる。

だが、久馬は魚一匹分の金しか棒手振に渡さない。話が違うと棒手振が物申せば、久馬は「一匹ではなく、桶ひとつ分の魚の値を聞いたんだ」と言い張る。

冗談じゃねえと怒った棒手振が魚を持ち帰ろうとしても、強面の男たちが奥から出てきて、桶の中の魚を力ずくですべて真砂庵の笊《ざる》に移してしまう。

またある時は、店の前を通りかかった棒手振を久馬が呼び止める。勝手口まで魚を持ってきてくれと呼び込んで、棒手振が足を向けた時にさりげなく足を引っかけて転ばせ、地面に落ちた魚を「傷んじまっただろう」と言って値切る。

よそから注文された極上の魚を、強引に安値で持っていかれた者もいた。

「まったくひでえ話ですよ」

利々蔵の言葉に、ちはるは奥歯を嚙みしめた。慎介も隣で苦々しい顔をしている。

「真砂庵に魚を売るのは嫌だって言い出す者が増えましてね」

魚だけではなく、青物や豆腐を売る者たちにも、久馬は馬鹿な真似をくり返しているらしい。

「酒も、相当薄められて出てくるみたいですぜ。味噌《みそ》や醤油だって、どんな使われ方をしているんだかわかったもんじゃねえ」

怜治が唸《うな》り声を上げる。

「真砂庵との商いをやめようとする者はいねえのか」

利々蔵はいまいましげに頭を振った。

「やめてえのはやまやまだって、みんな口をそろえて言うんですがねえ」

怜治は顎を撫《な》でさする。

「久馬が雇った男たちが怖《こえ》えってか」

利々蔵がうなずく。

「帰り際、そいつらに必ず言われるそうなんでさ。『明日も必ず来いよ。女房によろしくな』ってね」

怜治が舌打ちをする。

「わかりやすい脅しだな」

ちはるは目を閉じた。

だが、久馬ならやりかねないという恐ろしさを棒手振たちは感じているのだろうと思う。

実際、あの男は卑劣な手段で夕凪亭を乗っ取ったのだ。

夕凪亭を潰された時の憤りが、ふつふつとよみがえってくる。

久馬のせいで、あたしの家はめちゃくちゃにされた――。

大きく息を吐き出して、憎しみを押し流そうと努めるが、恨みつらみは増すばかりだ。

「明日の夜は、ぜひおれも、権八郎さんの話を聞かせてもらいてえ」

利々蔵が布団の上で悔しそうに歯を食い縛る。

「真砂庵を、あのままにはしておけねえ」

さくらが不安げな目で、ぎゅっと利々蔵の袖をつかんだ。利々蔵は表情をゆるめて微笑む。

「なあに、おめえが心配することは何もねえよ。権八郎さんには、助けてもらった礼も言わなきゃならねえしよ」

さくらは小さくうなずいた。

怜治が険しい顔で立ち上がる。

「とにかく、今は休んでな」

さくらが再び頭を下げた。そのまま畳に手をついて、動かなくなる。

「おい、どうした」

怜治が声をかけると、さくらはわずかに顔を上げた。

「すみません。何だか、どっと気が抜けてしまって……」

その目には涙がにじんでいる。

怜治は表情をゆるめると、ちはるに顔を向けた。

「下で、茶でも飲ませてやんな」

「はい」

ちはるは客室に向かって身を乗り出した。

「さくらさん、行きましょう」

「いえ、あたしはここに」

さくらの顔色が悪い。利々蔵を心配して、相当思い詰めているような表情だ。

「ちょっとは気晴らしが必要ですよ」

さくらに向かって言いながら、ちはるは懸命に自分の怒りを脇に追いやろうと努めた。今は久馬のことをいったん忘れ、さくらを気遣わねばならぬと自分に言い聞かせる。

利々蔵が申し訳なさそうに、さくらを肘で小突いた。

「行ってきな。おれは大丈夫だからよ」

「でも」

「いいから」

さくらは躊躇《ちゅうちょ》していたが、やがて後ろ髪を引かれるような顔をしながらも客室をあとにした。

ちはるは調理場に戻ると、大きく息を吸い込んで、胸の中を出汁や醤油のにおいで満たそうと努めた。

料理で頭をいっぱいにして、嫌なことをすべて忘れたいと思った。


入れ込み座敷にさくらを座らせ、ちはるは茶を淹れた。

「さあ、どうぞ。さくらさんが淹れるお茶には、とても敵わないでしょうけど」

利々蔵が初めて朝日屋を訪れた時、さくらは四季《しき》という茶屋で働いており、客のために茶を淹れていると言っていた。

さくらは恐縮したように湯呑茶碗に口をつけて、ほうっと息をつく。

「美味しい」

「本当ですか？」

ぐっと顔を覗き込めば、さくらはふんわりとした笑みを浮かべる。愛嬌のある笑顔が、どこか利々蔵に似て見えた。

「本当に美味しいですよ。料理をする人は、お茶を淹れるのも上手なんですねえ」

ちはるは頭を振った。

「それはきっと、仲居頭のたまおさんのおかげです」

さくらが納得顔になる。

「湯島《ゆしま》の水茶屋《みずぢゃや》で茶汲み女をしていた方ですよねえ。うちの店の旦那さんは以前、たまおさんが淹れたお茶を飲んだことがあるそうで、ものすごく美味しかったたって言ってました」

「へえ」

たまおは今おふさとともに二階の客室を整えているが、あとで聞いたら喜ぶだろう。

ちはるはさくらの前に腰を下ろした。

「四季では、どんなお菓子を出しているんですか？　うちでは食後の菓子を季節ごとに変えているんですけど、桜餅の次は何がいいかと考え中なんですよ」

慎介が調理場から声を上げる。

「何かいい案があったら、教えてもらいてえなあ」

顔を向けると、慎介は優しく微笑みながら、こちらを見つめていた。年の近い女同士で話したほうが、さくらもくつろげると思っているようで、調理場を出てこようとはしない。

さくらは湯呑茶碗を置いて、小首をかしげた。

「そうですねえ、蓬餅《よもぎ》などはいかがでしょうか。目新しい物ではありませんけど、端午の節句の頃までは、季節のお菓子として出してもおかしくないんじゃありませんか」

皐月《さつき》（五月）の端午の節句には、菖蒲《しょうぶ》や蓬を軒端に挿《さ》して飾る風習がある。

「蓬といえば……」

ちはるの頭に、竪川沿いの道端に茂っていた蓬がよみがえった。

「あたし、時季はずれの硬い蓬をお浸しにしたことがあるんですよ」

朝日屋に来る直前のことだ。どさくさにまぎれて、怜治に全部食べさせた。

さくらが何かを思い出したように、くすりと笑う。

「あたしは蓬のお浸しを、うっかり茹《ゆ》で過ぎてしまったことがあります」

風邪を引いて体調が悪く、ぼんやりしていたのだという。

「利々蔵さんに『おい、煮過ぎじゃねえか』って言われるまで、鍋の中のお湯が半分もなくなっていたことに気づかなくて」

所帯を持ったばかりの頃だったと、さくらは懐かしそうに目を細める。

「ちょっと熱が出ただけなのに、利々蔵さんったら大騒ぎしちゃって。あたしを搔巻《かいまき》きの中に押し込めて、枕元にべったり座っているんです」

おれがいない間にさくらが死んじまったらどうしようと言って、仕事へ行くのも躊躇していたという。

「いつだって『おれは大丈夫だ』って言うくせに、人のことはいつまでもずっと心配して、放っておけないんですよ」

さくらは唇を震わせながら目を潤ませた。

「今度は、あたしのほうが離れられなくなりそうです」

やはり昨夜は、一晩中まんじりともせずに利々蔵の寝顔を見つめていたのだという。

「ちゃんと息をしているのか、時々たまらなく不安になって……」

さくらは袖で目頭を押さえた。

「真砂庵の悪い噂は、あたしの耳にも入っていました」

棒手振たちに横暴をくり返す久馬に対して、いつか利々蔵の堪忍袋の緒が切れるのではないかと、さくらは案じていた。

「だけど昨夜、真砂庵へ向かった時は、落ち着いて話をしようと思っていたらしいんです」

朝日屋の二階で目覚めた利々蔵が、傷の痛みに顔をしかめながら、さくらに語っていた。

真砂庵の暖簾をくぐった利々蔵は、出迎えた女中に向かって名乗り、久馬を呼ぶよう頼んだ。そして柄の悪い男たちを引き連れてきた久馬に問いただしたのだ。

――真砂庵に届けられる魚は、いったいどんな物なんだ――。

「魚を売っている仲間たちを悪く言いたくなくて、あの人はさっき言いませんでしたけど……」

実は、真砂庵を嫌った棒手振たちは、買い叩かれても惜しくない魚を運ぶようになっているらしい。明言されたわけではなかったが、棒手振たちの言葉の端々から、利々蔵はそれを感じていた。

届けられる魚にろくな物がないという久馬の主張は、どうやらまったくの嘘ではなかったのだ。

「真砂庵の横暴を何とか止めて、みんなをまっとうな商売に戻したいって、あの人は言ってました」

だから利々蔵は面と向かって、久馬に訴えた。

――料理人なら、美味い料理を作るために何が必要かわかるだろう。料理は、料理人の腕だけで作っているんじゃねえ。いい食材や、いい道具。それを作る者や、仕入れる者の力だって、絶対に必要なんだ――。

目利きの矜持《きょうじ》をむき出しにして、利々蔵は叫んだ。

――ともに料理を作り上げる仲間たちを、てめえは何で大事にしねえんだ――。

人や食材を粗末に扱うやつが、客を喜ばせる料理を出せるのかと問う利々蔵を、久馬は鼻先でせせら笑った。

――甘っちょろい綺麗事《きれいごと》で、儲《もう》けられるかってんだ――。

久馬は利々蔵に向かって唾《つば》を吐くと、出刃包丁を見せて「もう二度と真砂庵に関わるな」と脅した。

だが利々蔵はひるまなかった。利々蔵を追い返そうと、出刃包丁を突き出してくる久馬の右手を蹴り上げ、その手から包丁を叩き落とした。

するとち柄の悪い男たちが一斉に飛びかかってきて、利々蔵は店の裏へ連れていかれ、袋叩きに遭ったのである。

「多勢に無勢だからって、やり合う前に尻尾《しっぽ》を巻いて逃げ帰るっていう考えが、あの人の中にはないんですよ。相手にもけっこう痛手を食らわせたはずだって、布団の上で威張ってました」

さくらは困ったように眉尻《まゆじり》を下げる。

「無茶をするんだから、まったく」

ちはるは苦笑した。

「魚河岸の人たちは喧嘩っ早いって、よく聞きますもんねえ」

さくらは大きくうなずいて、毅然《きぜん》と胸を張る。

「でも、弱い者いじめは絶対にしません。魚河岸の心意気と仲間を守るためなら、二本差しを相手にしてもひるまない。そんな男気に、あたしは惚《ほ》れたんですよ」

そう言い切ったさくらの表情は凜《りん》として、ちはるの目にまぶしく映った。

不安を振り払うように、さくらは微笑む。

「この落とし前をどうつけるのかわからないけど、あたしは、あの人を信じてる。江戸の台所に関わるみんなを、きっと理不尽なやつらから守ってくれますよ」

魚河岸の女衆は、漁場を荒らした者どもを引っ捕らえにいく夫たちを見送る時、ともに戦う気迫を見せたと、以前ちはるは聞いた。

さくらにも、いざという時の覚悟ができているのだろう。

戦いに赴く男を泣いて引き留めるような度量では、魚河岸の男の女房など務まらぬと腹をくっているような表情で、さくらは宙を見つめていた。

不意に、ちはるのまぶたの裏に、亡き母の笑顔が浮かんだ。

――大丈夫。まっとうな商いをしてきたんだから、みんな、あたしたちを信じてくれるよ。根も葉もない噂なんか、きっとすぐに消える――。

夕凪亭の悪評が初めて耳に入ってきた時、落ち込んだ父を懸命に励ましていた母の表情は、今のさくらのようではなかっただろうか。

他の誰が何と言っても、あたしだけは絶対に、この人の味方だ。一生そばで支え続けるんだと、改めて決意を固めたような母の表情が、ちはるの脳裏によみがえった。

けれど、火盗改に連日押しかけられ、悪評が大きくなっていくにつれて、母の顔から笑みが消えていった。夕凪亭を乗っ取られ、長年暮らした住まいを追い出されてからは、母の目が虚《うつ》ろになっていった。

――神さまは、どうして理不尽なやつらを野放しにしておくんだろう――。

貧乏長屋に移り、寝ついた母は、弱々しい声で恨み言をこぼすようになった。まるで、どんどん失われていく生きる気力を、憎しみで繋《つな》ぎ止めているかのように。

母に続いて寝ついた父は、うわ言のように詫《わ》び続けた。

——すまねえ。おれが久馬を雇ったばかりに、こんなことになっちまって。本当に、すまねえ——。

追い出された日に降っていた冷たい雨が、両親の心身をびっしょり濡らし、不幸の底なし沼に沈めてしまったかのようだった。

ちはるは二人の看病をしながら、懸命に言い続けた。

——きっといつか、またもとの暮らしに戻れるよ——。

どんなに虚しい励ましでも、口にせずにはいられなかった。

きっと、いつか——そんな言葉にすがらなければ、ちはるだって生きていけないと思ったのだ。

「お茶、ごちそうさまでした」

さくらの声で、ちはるは我に返った。

「長屋へ帰ったら、早く元気になってもらえるように、あの人の好物をたくさん作らなきゃ」

ちはるはうなずいた。

「利々蔵さんには、やっぱり魚でしょうか」

「ええ」と言いながら、さくらは小首をかしげる。

「だけど、口の中に染みるような物はよくないでしょう。活きのいい魚の刺身なんかを食べたがると思うんだけど、醤油をつけちゃ駄目よねえ。煎《い》り酒のほうが食べやすいかしら」

ちはるも小首をかしげた。

「そうですねえ……煮魚のほうが、口の中に優しい気がしますけど……でも利々蔵さん、また『大丈夫だ』って言い張って、さくらさんの作る物なら染みても何でも食べちゃいそうですよね」

「ほんとだわ」

さくらは笑いながら立ち上がり、利々蔵のもとへ戻っていく。

ちはるは調理場へ向かう途中で立ち止まり、表口を振り返った。

曙色の暖簾が風に揺れている。

夕凪亭の暖簾の紺藍が、まぶたの裏にひるがえった。

日が暮れて、夜が明けると、朝日が昇る。

毎日くり返される空の営みに終わりはなく、朝と夜は永遠に世の中を巡っていくのだ。

けれど夕凪亭が再び姿を現すことは、もう二度とない。

ちはるは曙色の暖簾をじっと見つめて、美しい朝の色で胸の中を満たすよう努めた。

翌日の夜、食事処を閉めて賄を食べ終えたあとに、権八郎が弟分たちを連れてやってきた。藤次郎や鉄太たち、魚河岸の衆も一緒である。

「勝手ながら、ここで落ち合おうと声をかけさせてもらったんでさ」

怜治に向かって言いながら、権八郎は入れ込み座敷へ上がり込んだ。

前回と同じように、男たちがずらりと居並ぶ。

二階から下りてきた利々蔵も加わった。右足を引きずりながら鉄太の隣まで来ると、周りの手を借りながら腰を下ろす。

ちはるは慎介とともに、調理場の中から入れ込み座敷を見守った。たまお、おふさ、綾人は調理場の入口付近に控えている。おしのはすでに帰り、さくらは二階の客室で男たちの話が終わるのを待っていた。

怜治が鋭い目を権八郎に向ける。

「で？」

権八郎は口を「へ」の字に曲げて、大きく肩をすくめた。

「利々蔵さんをやったやつらは、もう真砂庵にいませんや」

怜治の視線が険しくなる。

「どういうことだ」

「店の者が全部入れ替わっているんですよ。主はもちろん、料理人も、女中も、用心棒もね」

　権八郎が左右に顔を向けると、横に並んでいた弟分たち三人はそろってうなずいた。

「米と鼠で道をふさいでいる間に、入れ替わったんでしょう」

　善四郎が口を開いた。

「それしか考えられません」

　大吾が大きくうなずいた。

「鼠が捕まったと言って法仙寺駕籠の侍たちが帰ったあと、真砂庵へ行った棒手振がいるんですが、そいつが勝手口から見た料理人たちはみんな知らねえやつだったそうですよ」

　伊助が頰に手を当て、ため息をつく。

「あたしも、ちょいと身なりを変えて中へ入ってみたんですけどねえ」

　裕福な商人を装い、真砂庵の一見客《いちげんきゃく》として食事をしてきたのだという。

「ものすごく不味《まず》かったですよ。鯛《たい》の煮つけを注文したら、鱗《うろこ》が取り切れていなくて、くさみが残っていましたしねえ。鯛の身は、煮過ぎて硬くなっていました」

　魚河岸の男たちが殺気立つ。鱗が取り切れていないのであれば、ちゃんと下ごしらえをしていないに決まっていると怒っているのが、調理場からも手に取るようにわかる。

　伊助が小首をかしげた。

「あれは本物の料理人なんですかねえ。多少は包丁を握ったことのあるような手をしていましたけど、まあ、下手くそでしたね」

次は大事な商売相手を連れてきたいからと嘘をつき、献立の相談をさせてくれと女中に告げたら、まん丸い顔のふくよかな男を連れてきたという。

──真砂庵の主で、料理人も務めております、小吉《こきち》と申します──。

「確かに、そう名乗りました」

ちはるは愕然《がくぜん》とする。

小吉という名など知らない。夕凪亭を乗っ取ったのは間違いなく久馬で、あの男は太ってなどいなかった。疫病で妻子を亡くしたという演技を信じ込んでしまうような顔つきと体つきをしていたのである。初めて会った時は、てっきり看病疲れでやつれた男なのだと、ちはるたち親子は思い込んでしまっていた。

利々蔵も首を横に振っている。

「そんなやつぁ、いませんでしたぜ」

いったい何がどうなっているんだ、と魚河岸の男たちが騒ぎ出す。

「真砂庵の主は久馬という名前じゃなかったかねえ、と言ったら、涼しい顔で『居抜きで買い取りました。本日より、生まれ変わった新しい真砂庵です』と答えましたよ」

伊助の言葉に、魚河岸の男たちはいきり立った。

「んなわけあるかぁ！」

「おれたちの仕返しを恐れて、久馬は逃げやがったんだろう。小吉ってやつぁ、すげ替えられた店主に決まってらあ」

藤次郎が、すっくと立ち上がった。魚河岸の男たちは、しんと静まり返る。

「利々蔵、真砂庵まで行けるか？　何なら、戸板を用意するが」

「大丈夫です！　這ってでも行きまさぁ」

藤次郎はうなずいて、土間へ下りる。

「おい」

怜治の呼びかけに、藤次郎は足を止めたが振り向かない。

「権八郎さんの話を信じねえわけじゃありやせんが、ちょいとこの目で確かめてきますぜ」

下駄を鳴らして出ていく藤次郎のあとに、鉄太が続く。鮪屋の一助が、利々蔵を背負った。二助と岩五郎が、その横につく。

魚河岸の男たちは、ぞろぞろと列を成して夜の町へ消えていった。

怜治は膝の上で拳を握り固めていたが、やがて意を決したような顔で腰を浮かせた。その袖を、権八郎がつかむ。

「こっちに任せる約束でしょう、旦那」

権八郎は「やれやれ」と言いながら立ち上がって、怜治の肩をぐっと押し下げた。

「おれたちが行きますから、ここでおとなしく待っていてくだせえ」

怜治は力負けしたようにぺたりと腰を落としながら、権八郎を見上げる。

「だが、もし万が一、久馬が押し入れの奥にでも隠れていたりしたら」

「怒り狂った魚河岸の衆が、真砂庵を跡形もなくぶっ壊しちまうかもしれませんねえ」

権八郎の視線が、ちはるに向いた。

「でも、その前に、おれたちが必ず止める。ちはるちゃんの大事な家があった場所を、血まみれになんかさせねえぜ」

ちはるの喉に、ぐっと熱い痛みが込み上げた。

久馬は憎い。あんなやつ、ずたぼろになってしまえ、とも思う。

だが、夕凪亭だった場所で乱闘が起こったら——と思うと、胸が重苦しくなる。ちっとも、すっきりなんかしない。

火盗改たちが店に押しかけてきて、両親を怒鳴りつけた時の物音が、ちはるの耳の奥によみがえる。皿が割れ、床几《しょうぎ》を蹴り倒されて、父が殴られ、母は泣いて……。

あの場所で、再び騒動が起こると思えば、胸が痛くなる。

怜治が権八郎の手を振り払い、立ち上がった。

「あの場所を守るのは、やっぱり、おれの役目だ」

怜治は勢いよく土間に駆け下りる。

だが表口の敷居をまたごうとしたところで、素早くあとを追った権八郎に肩をつかまれた。

「放せ！」

権八郎の手を叩き落として、怜治は叫んだ。

「あの時破っちまった千太郎《せんたろう》との約束を、おれは今度こそ果たさなきゃならねえんだ」

戸に手をかけようとした怜治の前に、善四郎が回り込む。大吾と伊助も戸の前に立ちふさがり、三人がかりで怜治の行く手を阻んだ。

権八郎が力ずくで、怜治を入れ込み座敷の前まで引き戻す。

「水でもかぶって頭を冷やしなせえ！」

権八郎に突き飛ばされて、怜治は入れ込み座敷に倒れ込む。

「あの場所を守るのが役目たぁ笑わせる」

権八郎は怜治の襟をつかみ上げると、乱暴に揺さぶった。

「今のあんたは何者だ？　朝日屋の主だろうがよ。武士の身分を捨て、工藤《くどう》の名字を捨てたくせに、いつまでも火盗改のつもりでいるんじゃねえよっ」

冷水を浴びせられたかのように、怜治は身を強張らせた。

「おれたちは慈照さまに恩がある。慈照さまが身内と思って大事にしていらっしゃるちはるちゃんのことは、おれたちも大事にする」

権八郎は乱れた襟元を直して、入れ込み座敷の床に手をつく怜治を見下ろした。

「おれたちを、もっと信用してくれませんかねえ」

怜治は目を伏せて黙り込む。

権八郎は表情をやわらげた。

「あんたは今、朝日屋の主として、ここにいなきゃならねえ。そうでしょう？」

怜治は小さくうめいた。

「ああ……そうだな。すまねえ」

権八郎はうなずくと、弟分たちを引き連れて立ち去った。

——あの時破っちまった千太郎との約束を、おれは今度こそ果たさなきゃならねえんだ——。

怜治の悲痛な声が、ちはるの耳の奥でいつまでもこだましているようだった。


真砂庵へ向かった男たちは、しばらくすると戻ってきた。土間に立ち並んだ姿を調理場から見れば、みな無傷で、着物も乱れていない。

出迎えた怜治の前に、藤次郎が立った。

「権八郎さんが言った通り、真砂庵のすべての者が入れ替わっていました」

納得できぬという顔で、藤次郎は続ける。

「隅から隅まで、しらみ潰しに家捜しして、一人残らず面を確かめたんですがね」

利々蔵を襲った男たちはもちろんのこと、かつて魚河岸の者が真砂庵へ行った時に見た奉公人も皆無だったという。

「利々蔵を痛めつけてくれた礼を、たっぷりしてやろうと思っていたんですが」

手を出していない者に狼藉《ろうぜき》を働いては、魚河岸の沽券《こけん》に関わる。

「腸《はらわた》ぁ煮えくり返ったが、そのまま引き下がってくるしかありませんでしたよ」

藤次郎の言葉に、魚河岸の男たちは不満顔でうなずいた。

「まあ、そんなわけで、おれたちは今後も久馬を捜し続けます」

藤次郎が階段のほうへ顔を向けた。さくらが風呂敷包みを抱えて二階から下りてきていた。

「今から送っていくが、すぐに出られるか？」

「はい」

さくらは草履《ぞうり》を履くと、怜治に駆け寄り深々と頭を下げた。利々蔵も、一助の背から下りて、さくらの隣に並ぶ。

「大変お世話になりやした」

怜治は鷹揚にうなずくと、藤次郎に向き直る。

「本当に、帰しても大丈夫か」

「ええ。魚河岸の者みんなで、さくらと利々蔵を守りますから」

しばらくの間は、誰かしらが二人に張りついて、様子を見るという。

「そうか。もし手に負えねえ事態が起こったら、火盗改の柿崎《かきざき》詩門《しもん》を頼るといい。おれの名を出せば、きっと動いてくれるはずだ」

「へい、そうさせていただきやす」

魚河岸の衆が帰っていくと、今度は権八郎が怜治の前に歩み出た。

「それじゃ旦那、おれたちも帰りますぜ」

先ほどのやり取りなどなかったかのように、けろりとした顔をしている。

怜治も落ち着きを取り戻した表情で、権八郎の顔を静かに見た。

「いろいろ世話になったな」

権八郎は笑顔で首を横に振ると、調理場に向かって右手を上げた。

「それじゃあ、ちはるちゃん。また慈照さまのところで、美味い菓子でも食おうぜ」

「はい」

ちはるが笑みを見せると、権八郎は安堵したように目を細めた。

「今日は、ゆっくり休みな」

そう言い置いて去っていく権八郎にうなずいたちはるだったが、その夜はまったく眠れなかった。

眠ろうとすればするほど目が冴《さ》えて、夕凪亭の紺藍の暖簾や、両親の死に顔、真砂庵の緋色の暖簾に、憎き久馬の笑い顔が、頭の中を駆け巡る。

長い夜が明けるのを、ちはるは布団の上でじっと待ち続けた。


やがて朝の気配が訪れる。

ちはるは身を起こすと、井戸端へ向かった。大きな物音を立てぬよう気を配りながら水を汲み、何度も何度も顔を洗う。

まだ日輪は顔を出していない。井戸端に生える雑草から立ち上る香りは晩春から初夏へ移ろうとしているが、早朝の風はひんやりとして、汲み上げたばかりの水も手がじんとするほど冷たい。

ちはるは手拭いを顔に押し当てた。

目を閉じれば、浮かんでくるのは、本所松井町一丁目の懐かしい景色だ。

生まれ育ったあの場所が、今どうなっているのだろうかと思うと、胸が張り裂けそうになる。

緋色の暖簾と久馬の顔が、懐かしい景色の中にちらついた。

ちはるは目を開ける。手拭いを握りしめた拳で、がつんと頰を一発殴った。

「痛い……」

思わず声が出た。

けれど、痛いくらいがちょうどいい。これから仕事なのに、久馬のことばかり考えていてはいけない。しっかりしろ、今は料理のことだけ考えるんだ、と自分に言い聞かせる。

曙色の前掛けをきつくしめ、ちはるは朝の光が差し始めた調理場に立った。

「おう、早えじゃねえか」

慎介が隣に並ぶ。

「ん？　右の頰が少し赤くなってねえか」

さっき拳を打ち込んだところか。

「か――蚊に食われました」

とっさに嘘をついた。

慎介はあっさり「そうか」と言って、背負い籠を手にする。

「さあ、今日も美味い物を作るぞ」

「はい」

魚河岸へ行って活きのいいかれいを仕入れ、やっちゃ場で新鮮な野菜を仕入れた。

朝日屋に戻り、鰹出汁を引き始めると、やっとちはるの心が少し落ち着いてきた。

出汁や醬油の香りに、心が安らぐ。いつもと同じ、朝日屋のにおいだ。

そう、いつも通り――。

平常心で仕事をするのだと自分に強く言い聞かせ、ちはるは手を動かした。あく抜きしておいたたけのこを、さっと茹で、丁寧に切っていく。

隣では慎介が、かれいを下ろしている。

かれいの刺身とたけのこを交互に並べて皿に盛りつけ、煎り酒をかけて朝膳に出すのだ。

初夏の爽やかな風が、煎り酒に入っている梅の中から、ちはるの鼻に向かって吹きつけてくるようだ。

ちはるは手元に気を集め、朝膳を作り続けた。

やがて朝膳を食べ終えた泊まり客たちが旅立っていく。

ちはるは洗い物を終えると、慎介とともに夕膳の仕込みを始めながら、蓬餅作りにも取りかかった。

やらねばならぬ仕事はたくさんある。仕事に没頭している間は、よけいなことなど考えずにいられる。

けれど、そう思っていても、ふとした合間に久馬の顔が浮かんでくることが何度もあった。

久馬に気を取られている暇などない、ぼんやりするな、と心の中で自分を叱咤《しった》するが、いったん浮かんでしまった久馬の顔は、まぶたの裏にしつこくこびりついて離れない。

ちはるは洗い物をするふりをして、何度か井戸端へ向かい、冷たい水で顔を洗った。

まぶたの裏に残る久馬の姿を、綺麗さっぱり洗い流したかった。

憎しみに駆られたまま料理をすれば、味に毒が混ざってしまう気がする。ちはるの心から流れ出た恨みつらみが真っ黒な毒となり、朝日屋の料理を穢《けが》してしまう――それだけは、絶対に避けねばならないのだ。

朝日屋の料理には、慎介が長年に渡り積み重ねてきた味が込められている。慎介の教えを受けた、ちはるの努力だって注いでいる。それらすべてを無駄にして、壊すことはできない。

ちはるは大きく息をついた。

頭ではわかっているつもりなのに、心は久馬に囚われたままだ。

「何やってんだろう、あたし……」

井戸端に突っ立っている場合ではないのに。早く仕事に戻らねばならぬのに。

慎介は、いつもと違うちはるの動きに気づいているはずなのに、何も言わない。咎《とが》めることなく見守っていてくれる優しさに、心苦しくなる。

頭上を振り仰げば、明るい空の青が広がっていた。

ふと、慈照の声が頭の中に響き渡る。

――考えるより、動きなさい。ちはるが今すべきことは何だい?――。

朝日屋で働き始める直前にかけられた言葉だ。

——目を向けるべきは、過去でもなく、未来でもなく、現在だよ——。

降り注ぐ柔らかな日の光の下に建つ、天龍寺の本堂が頭の中に浮かび上がった。幼い頃に何度も行った場所だ。

釈迦牟尼仏《しゃかむにぶつ》の像の前で座禅を組んでいる慈照の姿が、憎き久馬の顔を押しのけるようにして、ちはるの前に浮かび上がってくる。

ちはるは涙をこらえて、胸の前で手を合わせた。

神さま、仏さま、慈照さま——。

座禅を組む慈照を真似るように背筋を伸ばし、右手の平の上に、左手の平を重ねる。両手の親指の先を合わせ、組み合わせた手を丹田の辺りに持っていく。

静かに鼻から息を吸って、口からすべて吐き出した。この深い呼吸に気を集めて、何度もくり返す。

今は正しい作法を気にせず、半眼にしながら、ただ慈照の姿だけを頭に思い描いた。

すぐ目の前に、慈照がいてくれるような心地になる。

まぶたの裏の慈照に後光が差した。その光の中で、久馬の顔が跡形もなく砕け散っていく。

ちはるは丁寧に深い呼吸をくり返した。

今は目の前の料理だけを見つめるんだ……。

ちはるのまぶたの裏で、慈照が優しく微笑んでくれる。

大きく息を吐き出して、胸の中を空っぽにしてから、ちはるは調理場へ戻った。

その三日後の朝——ちはると慎介が仕入れから戻ると、藤次郎が魚河岸から大量の桜鯛を届けにきていた。

勝手口に置かれたいくつもの桶の中に、美しい桜色の体を横たえた鯛が何匹も並べられている。

ちはると慎介は目を丸くして、桜鯛を見つめた。

「こりゃあ、いったい……」

先ほど魚河岸を回った時にも、こんなに立派な魚は見かけなかった。

ちはると慎介が言葉をなくしていると、藤次郎は得意げに胸を張って笑った。

「今朝一番の上物だぜ」

ちはると慎介は桜鯛を見つめてうなずいた。

澄んだ黒目に、きゅっと引きしまった小顔。厚みと張りがあり、艶々と輝いている体——これは絶対に、美味い。

「突然ですまねえが、今日の昼、これを刺身にしてくれねえか」

利々蔵を助けてもらった礼として、権八郎一家と朝日屋一同に振る舞いたいと思い、売らずに取っておいたのだという。

「夜は食事処の客が入るから、朝日屋はみんな忙しいだろう。泊まり客を見送って、昼の賄を食べる時なら、大丈夫かと思ってよ。こっちも、たいてい昼前には魚を売り切っちまうから、ちょうどいい」

勝手口へ怜治を呼ぶと、藤次郎は昼の宴の約束を取りつけて帰っていった。

ちはると慎介はさっそく支度に取りかかった。

「身内の集まりみてえなもんだから、大皿に盛って、好きなだけ取ってもらうことにしよう」

「はい」

桜鯛の刺身の他は、たけのこの煮物、焼き大根、三つ葉の煮浸し、白飯——。

「たけのこの煮物と焼き大根は、もともと食事処で出そうと思って多めに仕込んであるから、すぐに出せるな。下茹でした大根は、出す直前に焼こう」

「はい」

「さて、汁物は何にするか。桜鯛のあらで、味噌汁でも作るかな」

ちはるは桶の中の桜鯛を見つめた。夕凪亭の賄に父がよく作っていた、桜鯛のあら汁を思い出す。

「味噌汁じゃなくて、澄まし汁でお願いします」

気がつけば、ちはるは口に出していた。

「あたしに作らせてもらえませんか」

ちはるは慎介に詰め寄った。

「おとっつぁんが、よく魚のあらで澄まし汁を作っていたんです。どんな魚のあらでも使えるけど、春はやっぱり桜鯛だな、って——」

目の奥から涙がにじみ出てきて、ちはるは唇を引き結んだ。

考えまいとしていたのに、桜鯛のあら汁を思い出したら、やはりどうしても考えてしまう。

夕凪亭で過ごした家族の日々を、何の屈託もなく笑っていられた幸せな日々を。

涙でぼやけた視界の向こうに、父の幻が見える気がする。

竈の前に立ち、湯気の立ち上る鍋を見つめて満足げに微笑みながら、父はよく言っていた。

——こうして、あらを叩いて丁寧に煮込んでやると、魚の骨と髄からものすごくいい出汁が出るんだ——。

あらを叩くとは、あらを細かく切るという意味である。

ちょっとした手間を惜しんじゃいけねえ、と父は事あるごとに語っていた。

ああ、そうだ、とちはるは思う。

父から教わった包丁の使い方を、慎介に直されなかったのは、きっと父が丁寧に教えてくれたからだ。

ちはるの中には、慎介から学ぶことだけではなく、父の教えも流れている。

それに改めて気づいたちはるの頬を、つつーっと涙が伝った。

「あたしの中に残っている夕凪亭の味を、朝日屋でも出させてください」

ちはるは慎介の目をじっと見つめた。

慎介が目を細める。

「それじゃ、汁はおめえに任せてみるか。ただし、仕事ぶりがそのまま味に出る吸い物は、ごまかしが利かねえぞ」

「はい」

「しかも、魚河岸の衆の前に魚の汁を出すんだ」

「覚悟して、やります」

怖くないと言えば、嘘になる。だが、今のちはるには、父の味をもう一度よみがえらせたいという気持ちのほうが強かった。

夕凪亭の、家族の味を、この手で……。

「よし」

慎介が桶の中から桜鯛を取り出した。

「今から下ろしていくから、待ってな」

「はい！」

慎介が手際よく鯛の体から鱗を取り、三枚に下ろしていく。

回ってきたあらを、ちはるは叩いた。頭を切り落とし、骨を小さく切っていく。

横目でちらりと見れば、慎介はもうすべての皮を剝《は》ぎ終えて、刺身を引いている。相変わらず、速い――だが、見惚れている暇はない。

ちはるは、あらを桶に入れて、塩を多めに振った。このまま半時ほど置いておく。

その間に、三つ葉の煮浸しを作った。薄く味つけをした煮汁で、さっと三つ葉を茹でていく。

慎介が大根を焼き始めた。胡麻《ごま》油と酒を入れ、美しい焼き色がつくまで熱していく。

ちはるは桜鯛のあらに振った塩を洗い流した。沸かした湯の中に入れ、いったん静まった湯が再び沸いてきたところで、すぐにあらを取り出す。井戸から汲んだばかりの冷たい水の中で、桜鯛の頭や尾をさっと指で撫でると、鱗がすんなり落ちていった。血合いも、しっかり丁寧に取り除いていく。

魚のくさみが、するりと抜けた。

水を張った大鍋に、桜鯛のあらをすべて入れ、昆布と酒を加えたら、あとは煮るだけだ。

竈の火が強くなり過ぎぬよう気をつけながら、ちはるは鍋の中をじっと見つめた。

水が沸いたところで昆布を取り出し、出てきたあくを玉杓子《たまじゃくし》で丁寧に取り除いていく。くり返し、くり返し、どんなわずかなあくも残さぬよう、ひたすら鍋の中に目を凝らし続けた。


魚の骨の奥から出てきた旨みが、芳醇《ほうじゅん》な海の香りとなって、調理場を漂う。

遠くから波の音が聞こえてくるようだ。

鍋の中の汁は、あくの濁りが消えて、澄み渡っている。

日の光が差す海の中を悠々と泳ぎ回る鯛の群れが、ちはるの頭に浮かんだ。

潮の香りに全身を包み込まれたような心地になる。

ちはるは鍋の中のあらを見つめた。

中骨についた白い身が美しい。その周りをたゆたう脂は、まるで海面のきらめきのようだ。


味つけは、最初に振った塩のみ。よけいな物は足さずとも、じゅうぶんなはず。

じっくり煮込んだ汁を小皿によそって、ちはるは鼻を近づけた。

夕凪亭の台所と同じにおい……。

口に含むと、父と母の笑顔がよみがえった。

目を閉じて、ごくりと飲み干す。

ちはるはうなずいた。

もう一度、小皿に汁をよそって、慎介に差し出す。

「お願いします。味を見てください」

慎介は小皿を受け取ると、すぐに口をつけた。

目を見開いて、しばし黙り込む。

慎介は大鍋の中を覗き込むと、長いため息のような唸り声を上げた。

「これは海の命が詰まった汁だな」

慎介の言葉が、ちはるの胸の奥にずしんと響いた。

海の命――。

その中には、父と母の命も含まれているような気がした。

人は、魚や鳥の命を食べて生きている。そして料理の中には、作った者の生き様が――すなわち命が込められている。

死んだ両親は、この澄まし汁の中に生きている。自分の中に生き続けているのだという思いが、ちはるの胸に込み上げてきた。

「自信を持って、魚河岸の衆に出せ」

「はい」

父と一緒に調理場に立っているような心地になって、ちはるは汁椀に澄まし汁をよそった。

酒樽《さかだる》を持って現れた藤次郎たち魚河岸の衆と、権八郎たちは、入れ込み座敷で和気あいあいと料理を囲んだ。藤次郎に促され、朝日屋一同も加わる。

「おっ、桜鯛のあらを潮《うしお》にしたのか」

藤次郎が真っ先に汁椀を手にした。しばし椀の中を凝視《ぎょうし》して、短く唸る。

「見事に透き通っているな」

椀に口をつけて、そのまま動きを止めた。

ちはるは思わず、藤次郎の顔色を窺った。だが、汁椀で表情がよく見えない。

「どうしたんですか、兄ぃ」

「美味そうな汁ですけど、何かありましたか」

藤次郎の様子に、魚河岸の衆も首をかしげながら澄まし汁を口にした。そして、みな一斉に黙り込む。

ちはるは一同を見回した。

権八郎たちも、汁椀を手にしたまま微動だにしない。

不安になって、隣に座る慎介の顔を見れば、慎介は優しく微笑んでちはるを見ていた。

藤次郎が汁椀を置いて居住まいを正す。

「この仕事ぶりは、慎介さんですかい」

慎介は首を横に振る。

「ちはるだ」

魚河岸の衆がどよめいた。

藤次郎は、ちはるに向き直る。

「あますところなく、魚を使ってくれたな。この潮汁は、豊かな海そのものだ。礼を言うぜ」

魚河岸の衆も居住まいを正して、ちはるを見つめる。

ちはるの喉元に、ぐっと感慨が込み上げた。

おとっつぁん……おっかさん……。

夕凪亭が、魚河岸から盛大な賛辞を受けた心地になった。

ちはるは目に力を入れて涙をこらえながら、口角を上げて深く一礼した。

嬉しくて、舞い上がってしまいそうだ。

「この汁を、飯にかけて食っても美味いんだよな……」

怜治の声に、ちはるは顔を上げた。

手にした汁椀の中を見つめている怜治の表情は、まるで何かを懐かしんでいるようだ。

まるで、父が作ったこの汁を、かつて怜治は食べたことがあるような……。

「何かあったら工藤さまを頼る」と言っていた父と、怜治の間には、いったいどんなやり取りがあったのだろうか。

「ああ、慈照さまにも食わせてやりてえなあ」

権八郎の明るい声が入れ込み座敷に響き渡った。

「ちはるちゃんの作った料理を朝日屋で食べたなんて言ったら、絶対、焼き餅焼かれちまうよなあ」

がははと豪快な笑い声を上げて、権八郎は桜鯛の刺身に箸を伸ばす。

「うーん、刺身もうめえなあ。むっちりやわらかくて、甘くてよお」

権八郎の隣に座る弟分たち三人も、桜鯛を嚙みしめながら同意する。

「やはり活きのいい魚は、そのまま味わうのが最良なんだろうか」

善四郎がしみじみ言えば、伊助が小首をかしげる。

「でも、あたしはやっぱり、ちはるちゃんの潮汁が一番かなあ。鯛の身は、あらとは思えないほどふっくらして美味しかったし。魚の甘さと塩の塩梅がちょうどよくて、いくらでも飲める汁だよ」

善四郎は慌て顔になった。

「あ、いや、おれだって、ちはるちゃんの作った汁は極上だと思っているぞ」

大吾は刺身だけでなく、自分の皿に取り分けたたけのこの煮物、焼き大根、三つ葉の煮浸しを順に頰張りながら、満面の笑みを浮かべた。

「おれは全部美味いと思う」

汁椀の中のあらにしゃぶりついて、身を綺麗に食べると、今度は白飯をかっ込む。

鉄太がまじまじと大吾を見た。

「それにしても、いい食いっぷりだなあ。鮪一匹ぺろりと食っちまいそうな勢いじゃねえか」

大吾が目を輝かせる。

「食ってみてえっす！　おれ、大酒大食会に出たこともあるんですよ！」

魚河岸の衆が、どっと笑った。

男たちはなごやかに酒を酌み交わし、親睦を深める。

「だけど久馬ってやつぁ、いったい何者なんですかねえ」

桜鯛のあらを食べていたちはるは、藤次郎の声に顔を上げた。

「真砂庵に出入りしていた棒手振たちや、近所の料理人たちに、おれも話を聞いてみたんですが、さっぱりわからねえんですよ」

藤次郎は眉をひそめながら、権八郎の杯に酒を注いでいる。権八郎は受けた酒をあおると、藤次郎の杯を酒で満たした。

「おれも昔の伝手《つて》を使って、調べを進めているところなんだがよ。本所に来る前の久馬がどこで何をしていたのか、知っているやつが一向に見つからねえんだ」

二人の脇に座っていた怜治が顔を曇らせる。

「権八郎の伝手をもってしても素性が知れねえとなると……夕凪亭に入る前は、長い間どこかに雲隠れしていやがったのか」

権八郎が同意する。

「堅気じゃねえのは間違いありやせんや」

「いったい、どこの誰に匿《かくま》われていたのか……」

考え込む怜治に、権八郎は酒を注いだ。

「江戸者じゃねえのかもしれやせんね。関八州《かんはっしゅう》のどこかから流れてきたのかもしれませんん。こっちで調べを進めますんで、旦那は――」

「わかってるぜ」

怜治は目をすがめて酒を舐めた。

「だが、詩門の手も借りるか……」

権八郎が「ああ」と声を上げる。

「火盗改の柿崎さまは、葺屋町《ふきやちょう》の捕り物で深手を負ったと耳にしましたが、もうすっかり大丈夫なんで？」

怜治はうなずく。

「あの一件からは日が経っているから、きっと、もう体に障りはねえだろう。傷はそれほど深くなかったと、本人も言っていたしな。このところまた顔を見せねえってことは、お役目であちこち動き回っているんだろうよ」

権八郎は訳知り顔で同意する。

「火盗改の旦那たちは、凶悪人を追うために、身分を隠して賭場を張り込んだりもなさいますからねえ。柿崎さまに繋ぎをつけるのに、おれたちにできることがありましたら、何なりとおっしゃってください」

藤次郎が二人の間に身を乗り出した。

「何かわかったら、こっちにも必ず報せてくだせえよ。おれたちだって、もう無縁じゃねえんですから」

男たちの話を聞きながら、ちはるは汁椀の中に目を戻した。

美しく澄んだ汁に、心を重ねようと努める。

料理人は、人の口に入る物を作るのだ。憎しみで心を濁らせてはいけないと、懸命に自分に言い聞かせた。

昼の宴が終わり、帰っていく男たちを見送っていると、善四郎がちはるの前で足を止めた。物言いたげに、じっと見下ろしてくる。

「あの……？」

「気をつけたほうがいい。死相が出ている」

「えっ」

ちはるは思わず両手で頬を包んだ。

善四郎は今、八卦見をしているはずだ。人相を見る術《すべ》にも長《た》けているのだろうか。

「違う。あっちだ」

小声でささやく善四郎の視線を追うと、そこにいたのは怜治だった。

ちはるの胸に動揺が走る。

「巻き込まれないようにして欲しい。ちはるちゃんに何かあったら、慈照さまが悲しむ」

何と返したらよいかわからず、口をつぐんでいると、善四郎はくるりと背を向け去っていった。

「さあ、食事処の支度にかかるぞ」

慎介に肩を叩かれ、ちはるは気を引きしめた。

善四郎に告げられた言葉の意味を、今は考えずにおこう。

今はとにかく、料理のことだけ考えねばならぬのだと、改めて胸に刻みつけた。

日が暮れて、表の掛行燈《かけあんどん》に綾人が灯をともせば、待ち兼ねていた客たちが次々と入ってくる。あっという間に入れ込み座敷は満席だ。

ちはるは慎介とともに夕膳を作り続けた。

目の前の食材に気を集め、夢中で手を動かしていく。

思うことは、ただひとつ。

食べてくれるお客さんが、美味しいと喜んでくれますように——。

ひたすら料理に取り組めば、いつしか心は凪《な》いでいた。

一心不乱に働いて、ふと気がつけば、いつの間にか入れ込み座敷からざわめきが消えている。食事処の客たちはみな帰り、深夜の静寂が朝日屋を包んでいた。

おふさが空になった膳を下げてきた。

「これで最後です」

「おう、お疲れさん」

ねぎらいの声をかけた慎介が、たまおに呼ばれる。

「お泊まりのお客さんが、ぜひ板長《いたちょう》とお話ししたいとおっしゃっています。明日の浅草見物では、慎介さんお薦めの店があれば、そこへ行ってみたいそうで」

美味い料理を作る人が選ぶ店なら間違いないだろう、と期待しているらしい。

「それじゃ、おれの知り合いの店を薦めておくかな」

「お願いします」

慎介はたまおとともに二階の客室へ向かった。

おふさもあとについていくかと思いきや、調理台の前にじっとたたずんでいる。

ちはるは怪訝《けげん》な目を向けた。

「何よ、そんなところでぐずぐずして」

「あんた、真砂庵のことが気にならないの？」

ちはるの声にかぶせるように、一気にまくし立てられた。

「わたしが思っていた以上に、あんたは大変な目に遭っていたのね。びっくりしちゃった」

おふさは目を合わせずに続ける。

「桜鯛の澄まし汁、美味しかったわ。あんまり美味しかったんで、また驚いちゃった」

おふさは帯の前で手を組み合わせる。

「何で、あんな料理が作れるの」

おふさは言葉を探すように視線をさまよわせた。

「親の仇の話を聞いたのに、どうして平気で仕事ができるの。あたし……あたしだったら……」

「おふさちゃん、やめなさい！」

たまおの鋭い声が飛んだ。いつの間にか、調理場の入口に立っている。

その強い眼差しに気圧《けお》されたかのように、おふさは口をつぐんで目を伏せた。

たまおは険しい表情で、おふさに歩み寄る。

「ちはるちゃんが平気なわけないじゃない。懸命に歯を食い縛って頑張っているのが、ど
うしてわからないの？」

おふさはうつむいたまま唇を噛んだ。

「ねえ、おふさちゃん」

たまおが声をやわらげ、おふさの顔を覗き込む。おふさは、ふいっと顔をそむけた。

「どうもすみませんでした」

ふてくされたようなおふさの声は、いつもよりかなり弱々しい。今にも泣き出してしまいそうに聞こえた。

ちはるは思わず、口を開く。

あんた、いったい、どうしたの――。

そう聞こうとしたが、すぐに思い直した。

ちはるが尋ねても、素直に話すはずがない。もし、おふさがちはるに泣きついてくるのであれば、相当な重症だ。

「あ――あたしが作った澄まし汁の素晴らしさに感動して、気が動転しちゃったのよねえ」

口を開いたからには何か言わねばという気になったが、ろくな言葉が出なかった。

おふさはちはるを一瞥《いちべつ》すると、無言で調理場を出ていく。

「何だったんでしょうか、あれは……」

たまおが小さなため息をついた。

「このところ、悩み事があるらしいとは気づいていたんだけど、もう少し様子を見ようかと思っていたのよ。何でもかんでも、こっちから手を差し伸べればいいってわけでもないと思ってねえ」

自分一人でじっくり考えたい時なのかもしれないと思い、たまおは見守っていたのだということ。

「それに、仕事のことなら、自分からわたしにぶつかってきて欲しくて」

仲居頭として真正面から受け止めるつもりだったと、たまおは語った。

「あとでしっかり聞いてみるわ」

「はい」

たまおが調理場をあとにして間もなく、慎介が二階から戻ってきた。

夜の賄を作るべく、ちはるは調理台の前に立つ。

うつむいたおふさの姿や、権八郎に厳しく叱責されていた怜治の姿が、ちはるの頭にちらついた。

みな、それぞれに痛みを抱えている……。

ちはるは鼻から深く息を吸って、口から大きく吐き出した。
朝日屋のみなで、一日の最後に食べる物だ。絶対に、美味しく作らねば……。
祈りに近い気持ちを抱きながら、ちはるは包丁を握った。

第二話　過去

ホーホケキョ。

澄んだ美しい鳴き声が辺りに響き渡った。

早朝の庭で井戸の水を汲んでいたちはるは思わず手を止める。

近所で飼われている鶯《うぐいす》だろうか。それとも、どこか大きな屋敷の庭の笹藪にでも棲《す》みついた野生の鶯だろうか。

ホーホケキョ、ホーホケキョ、と鶯が再び声を上げる。

「今朝は、やけに鳴くじゃねえか」

振り向くと、勝手口に慎介が立っていた。鶯の美声に誘われて、調理場から出てきたようだ。

「春告げ鳥ならぬ、客告げ鳥かな」

慎介が独《ひと》り言《ご》つように呟《つぶや》いた。

「さて、今日はどんなお客が来るか……」

「慎介さん、一平《いっぺい》さんという方がお見えです」

綾人の声が勝手口の向こうから聞こえてきた。

「はるばる加賀《かが》から、慎介さんを訪ねていらしたそうなんですが」

慎介は怪訝そうに首をかしげてから振り返る。

「そんな知り合いはいねえぞ」

「矢太郎《やたろう》さんという方の文を預かっているとおっしゃっていますけど……」

慎介は「あっ」と大声を上げた。

「ひょっとして矢太郎の弟子か！」

勢いよく中へ駆けていく慎介の姿は、瞬く間に消えた。

ちはるは井戸から汲んだ水を調理場へ運ぶと、水瓶に移してから、入れ込み座敷のほうを見やった。

足をすすいだ男が居住まいを正して、慎介に向かい合っているところだった。

「しかし、三十年以上も前の約束を、今ここで果たすことになるたぁ思わなかったなあ」

慎介の言葉に、一平と名乗った男が笑いながらうなずく。怜治と同じ年頃だろうか。

「びっくりするやろうなあ、と親方も言うてました」

ちはるは茶を運ぶと、慎介に促されて、そのまま入れ込み座敷に腰を下ろした。

「これは、おれの弟子のちはるだ」

一平は目を見開く。

「江戸では、女の料理人も多いがですか」

「いや、多くはねえだろうが、これから増えていくかもしれねえなあ」

慎介は口角を上げて、ちはるに顔を向けた。

「こいつは尋常じゃねえくらい鼻がよく利く。だが、この頃は、鼻だけに頼らず全身で料理に取り組んでいるんだ」

ちはるは一平に向かって頭を下げる。

「よろしくお願いします」

顔を上げると、一平は真剣な面持ちでちはるを見ていた。

「うちの親方が深い信頼を寄せとる慎介さんに認められた人やったら、相当な腕前なんやろうねえ」

ちはるが謙遜《けんそん》する前に、慎介が朗らかな笑い声を上げた。

「そいつぁどうかなあ。まあ、ずいぶんと仕込み甲斐はあるがよ」

慎介は目を細めると、一平の料理の師である矢太郎について語り始めた。

「矢太郎は江戸の出で、昔、おれと同じ店で修業していたことがあるんだ。おれもあいつも若え頃は、いくつかの店を渡り歩いていてよ」

高級料亭から場末の小さな料理屋、鰻《うなぎ》屋、どじょう屋など、それぞれの店の親方の技を見て覚えながら腕を磨いたのだという。

「同じ店にいた月日は短かったが、妙に馬が合ってな。それぞれ別の店に移ったあとも、よく一緒に飲み食いをしたもんだ」

気に入った店を見つけると、どちらかの長屋で味の再現を試みたりもしていたのだと、慎介は懐かしそうに微笑んだ。

「矢太郎は、いろんなことに興味を持つ男でなあ。松前《まつまえ》から運ばれてくる昆布や、薩摩《さつま》から運ばれてくる砂糖を作っている場所に行って、職人たちの仕事ぶりを自分の目で見てみたいと、いつも言ってた」

若き日の慎介が、いつか江戸の真ん中で自分の店を持ちたいと夢見て励んでいる間に、矢太郎は日本各地の食材や料理への興味をむくむくと膨らませていった。

「それで、ある日ふらりと旅に出ちまったのよ」

旅立つ直前、慎介と飲み交わした矢太郎は、将来の希望を熱く語っていたという。

――東西南北、できるだけ遠くまで歩いてよ。いろんな料理を見て、食べて、作るんだ。そんで、いつか、ここだと思う場所に行き着いたら、自分の店を構えるのさ――。

おめえも江戸のど真ん中に立派な店を構えろよ、と矢太郎は慎介の肩を叩いた。

――もし、おれが弟子を取ったら、おめえの店へ修業に出すぜ。慎介はきっと江戸一番の料理人になると、この矢太郎が見込んだ男だって言って、送り出すからよ。そん時は、いろいろ教えてやってくれ――。

ごくたまに届く文には、矢太郎が各地で食べた料理の絵や味の特徴などが、楽しげに綴《つづ》られていた。

「加賀で店を出したっていう知らせが届いたのは、もう十年前になるか」

女中として雇った女と所帯を持った矢太郎は、このまま加賀に骨をうずめるつもりだ、と慎介への文に書いていた。

「ここ何年も音沙汰はなかったが、矢太郎はおれのことを忘れずにいてくれたんだなぁ……」

「忘れるやなんて、とんでもありませんよ」

一平は膝に手をつき身を乗り出した。

「親方はしょっちゅう、慎介さんの話をしとります」

新しい献立に悩んだ時、矢太郎は時折ぽろりとこぼすように「もし慎介なら……」と口にするのだという。

若いうちに広い世の中を見てこい、各地の料理を学んでこい、と言って一平を送り出した今回も、矢太郎は「江戸へ行ったら、必ず慎介の福籠屋も訪ねろよ」と念を押していた。

「そやさけえ、まずは日本橋を目指したんやわ」

福籠屋で慎介に教えを請いながら、心ゆくまで江戸のさまざまな店を食べ歩いたあと、東海道を上るつもりだったという。

「京や大坂の味を知ったあとは、長崎のほうへも行ってみたいて思うとります」

江戸へ来るまでの間も、各地の宿場町で美味い物を堪能してきたと、一平は朗らかな笑みを浮かべた。

「ほやけど、あの」

一平は小首をかしげながら、遠慮がちに慎介の顔を覗き込む。

「朝日屋ちゅうのは、いったい……商売替えなされたんですか？」

日本橋へ入ってすぐ目についた菓子屋で道順を尋ねたら、福籠屋という料理屋があった場所は、朝日屋という旅籠《はたご》になっていると教えられた。だが板長の慎介は今もそこにいるはずだと言われ、一平はとりあえず朝日屋まで来てみたのだという。

「下足番の方に確かめて、朝日屋の慎介さんは間違いなく、うちの親方のお仲間の慎介さんやとわかりました」

慎介は苦笑しながら、一平が運んできた矢太郎からの文をそっと握りしめた。

「おれはもう店の主じゃねえんだ。福籠屋も潰しちまってな」

利き腕を痛め、料理人として生きることを一度はあきらめたのだったが、周りのあと押しを得て、旅籠として生まれ変わった朝日屋の調理場を預かることになったのだ、と慎介は簡潔に語った。

一平が気遣わしげな目を慎介の右腕に向ける。

「そうやったんですか……」

「驚かせちまったんなら、すまねえな。矢太郎には、おれも何も知らせていなかったからよ」

料理をやめるかもしれねえだなんて、あいつにゃとても言えなかったんだ――と続く慎介の声が聞こえてきそうだった。

その心中を察したように、一平がうなずく。

慎介は胸を張って、一平を見つめた。

「だが、おれは今の仕事に満足しているんだ」

慎介は土間に目を移す。いつの間にか、朝日屋一同が立ち並んで、こちらを見ていた。

「矢太郎が褒めてくれた頃の腕前と、まったく同じってわけにはいかねえかもしれねえが、一平さんが江戸に逗留している間は、ちはると一緒に張り切って料理を作らせてもらうぜ」

慎介は立ち上がると、みなと一平を引き合わせた。

怜治が一平に歩み寄る。

「江戸にいる間は、もちろん、ここに泊まってくれるんだろう？　慎介の大事な客なら、できる限りのことをさせてもらうぜ」

一平は手をついて深々と頭を下げた。

「どうぞよろしゅうお願い存じみす」

怜治はうなずくと、たまおを振り返る。たまおは心得顔で、階段のほうを手で指し示した。

「では二階の客室へご案内いたします」

一平は立ち上がり、たまおのあとについて階段を上がっていく。その後ろ姿を、慎介は感慨深げに眺めていた。

まるで、かつて江戸を旅立っていった若かりし頃の矢太郎を見つめているような表情だった。

その夜、ちはるは気合いを入れて調理場に立った。

いつも通りにやればよいのだと何度も自分に言い聞かせたが、やはりどうしても包丁を持つ手に力が入ってしまう。

慎介が認めた料理人の弟子――ということは、一平も有能な料理人なのだろうか。きっとそうだろう、とちはるは思う。

慎介が女の弟子を取っていたことに驚いた一平だったが、ちはるへ向けた眼差しの中に侮りはなかった。

自分の親方が認めた慎介は、じゅうぶん信用に値する。その慎介が認めた弟子であれば自分も信じると、何の疑いもなく思っているような表情だった。

その期待に、ちはるは応えられるだろうか。もし、ちはるの作った料理を食べてがっかりされたりしたら、矢太郎と一平が抱いている慎介への信頼も、ぱりんと壊れてしまうのだろうか。

ちはるは大きく息を吐き出して、気を静めようと努めた。

大丈夫……あたし一人で料理を作っているんじゃない。朝日屋の味は、慎介さんと二人で作っているんだ。あたし一人で仕上げる品の時だって、いつも慎介さんに味を見てもらっているんだから、きっと大丈夫……。

美味しいと思ってもらえるよう願いながら、ちはるは手を動かした。

本日の夕膳は、烏賊《いか》と三つ葉の煎り酒あえ、独活の天ぷら、たけのこの味噌焼き、鰆の塩焼き、白飯、蛤《はまぐり》の澄まし汁――食後の菓子は、蓬餅である。

二階の客室へ膳を運んでいった、たまおが戻ってきた。調理場に入ってくると、にっこり満面の笑みを浮かべる。

「一平さん、とても美味しいっておっしゃってましたよ」

――うちの親方が言うとった通り、慎介さんのお味は、心と体の奥深《おくふこ》うまでじぃんと優しゅう染み入ってきますねえ――。

そう言いながら、一平は感慨深げな表情で膳を見つめていたという。

慎介が嬉しそうに目を細めてうなずいた。

たまおは笑みをたたえたまま、ちはるの顔を覗き込む。

「たけのこも、鰆も、焼き加減が絶妙だと感心していらしたわよ」

ちはるの口角が、ぐっと上がる。勢いよくついた毬《まり》のように、心が大きく弾んでいく。

たけのこも、鰆も、においや色に気をつけながら、ちはるが焼き上げたのだ。

たまおが目尻を下げて、ちはるの肩をぽんと叩く。

「よかったわね、ちはるちゃん。やっぱり同業の方に褒めてもらえると、嬉しいでしょう」

「はい！」

「何言ってんだ、おめえたち」

慎介に横目でじろりと睨まれる。

「誰を相手にしても、常に同じ心構えでなきゃならねえぞ」

ちはるはにやついていた口元を引きしめる。

「はい……すいません」

慎介が、にっと笑った。

「まあ、おれも昔は、矢太郎に『うめえ』って言われると自信がついて、迷いなく客に出せることが多かったけどよ」

たまおが「あら、あら」と声を上げる。

「やっぱり慎介さんも、同業のご意見が気になっていたんじゃありませんか」

「そりゃあなぁ、気にならねえと言っちゃ嘘になるぜ。玄人《くろうと》の目で料理を見ながら、客としての判断も下してくれるんだからよ」

もっと違う調理法を試してみてはどうか、この品に対してこの値では高過ぎる——など、かつての料理人仲間たちはさまざまな助言をくれたという。

「仲間内でも、矢太郎の意見は特に斬新なものが多くてな。若え頃は、本当に大きな刺激をもらった」

慎介は正面から、ちはるを見た。

「一平さんが江戸にいる間は、いろんな話を聞いてみな。きっと、おめえの知らねえ料理の数々を教えてくれるだろうよ」

「はい」

ちはるは天井を仰いだ。

二階の客室で膳を食べている一平は、今どんな表情をしているのだろうか。最後まで満足してもらえるよう願いながら、ちはるは仕事に取り組み続けた。

翌日、朝膳を食べ終えた一平は階下へ降りてくると、まっすぐ調理場に向かってきた。

「がんこ美味かったです」

おはようございますの挨拶より先に出てきた一平の言葉に、ちはるは思わず心の中で「よし！」と呟き、調理台の陰で両手の拳を握り固めた。

「今夜から、しばらく江戸の町を食べ歩いてみたいて思うとりますが、どこかお薦めの店がありましたら教えてくださ い」

慎介がいくつかの店名を告げると、一平は指を折りながら何度もくり返し口に出した。

「綾人が描いた江戸の絵図があるから、そこに店名を書き入れておくといい」

「はい、ありがとう存じみす」

さっそく綾人が入れ込み座敷に絵図を広げ、一平に道順を案内する。

料理屋だけでなく、土産物屋なども絵図に書き入れているようだ。

「江戸で芸者遊びをするなら、どこがいいがけ？」

不意に耳に飛び込んできた言葉に、ちはるは思わず眉根を寄せた。

「そうですねえ」

綾人も少々困惑したような声を上げている。

「芸者といえば、吉原《よしわら》か深川か……」

「うちの親方に聞いたんやけど、深川の芸者って、辰巳《たつみ》芸者とか羽織芸者とか呼ばれとるんやね？」

　綾人がうなずく。

「深川は、千代田のお城から見て辰巳の方角にあるので『辰巳芸者』と呼ばれるようになったそうです。『羽織芸者』というのは、深川の芸者が男の出で立ちをして、羽織をまとって客の前に出たことから、そう呼ばれるようになったそうです」

　だから深川の芸者には男の名前がつけられており、意地と俠気《きょうき》を売りにしているのだ、と綾人は続けた。

「へえ、俠気のある芸者かあ。会《お》うてみたいなあ。深川へは、ここからどう行くがや？」

　綾人に道順を尋ねながら、一平は嬉々として絵図に印を書き入れている。

　ちはるの胸が、もやもやした。

　料理の美味い料亭はどこかと尋ねるならわかる。だが、芸者遊びができる場所を尋ねるとは……。

　ひょっとして一平は、料理修業の旅を隠《かく》れ蓑《みの》にして遊び歩こうと思っているのではあるまいか、などという疑念がちはるの頭に浮かんだ。

　けれど、すぐに思い直す。

　慎介が信頼している男の弟子が、まさか、そんないい加減な料理人のはずはない。

　一平の勤め先がどんな料理屋なのか知らないが、もしかしたら加賀の芸者衆が多く出入りするような店なのではあるまいか。江戸の芸者衆を見て、国元の仕事に活かそうとしているのであれば、辰巳芸者に会いたがるのもうなずける。

そう考えて、ちはるは納得した。

一平はきっと、見聞を広めるために深川へ行くのだ。

だが、その夜遅くに一平が戻ってきた時、ちはるは自分の目を——いや、鼻を疑った。

戸口に足を踏み入れた一平の体から、ものすごい酒のにおいが漂ってきたのだ。

調理場までぷんぷんと漂ってくるのだから、相当飲んだのだろう。

酒豪なのか、一平は顔色も変えずに、けろりとした表情で綾人に話しかけている。

「綾人さんに教えてもろた道順、まんでわかりやすかった。あんやとう」

「やっぱり深川へも行かれたんですか」

「もちろんや。辰巳芸者の姐《ねえ》さんたちに、どんどん飲め飲め言われてしもてねえ」

機嫌顔で笑う一平からは、白粉《おしろい》のにおいも漂ってきている。いったいどれだけ芸者と体を寄せ合えば、これだけのにおいがつくのだろうか。

ひょっとして、いかがわしい真似を……？

ちはるは頭を振った。

いや、きっと何か事情があったに違いない。

一平の師の矢太郎は、いろんなことに興味を持つ男だと慎介が言っていた。その教えを受けた一平も、好奇心が旺盛なはずだ。

深川で辰巳芸者たちに、大酒大食会の話でも聞いて、その真似事をしたのかもしれない。権八郎のところの大吾だって、大酒大食会に出たことがあると言っていたではないか。そういうたぐいの集まりに出たがる男は、加賀でも多いのかもしれない。

だが、それにしても……。

酒のにおいはともかく、白粉のにおいが解せぬ。

ちはるは悶々《もんもん》とした。

江戸の味をしっかり学ぼうとしているのであれば、醬油や味噌の香りだって漂ってきていいはずだ。

まだ江戸へ着いたばかりなので、腰を据えて学ぶのはこれからなのだろう、とちはるは思うことにした。

だが翌日も、そのまた翌日も、一平は盛り場を遊び歩いてきたようだ。

「両国の盛り場は、がんこ人が多うて、いやあ驚いた。江戸の夜は本当に華やかやねえ」

深夜の土間から聞こえてくる一平の声に、ちはるは鼻白《はなじろ》んだ。愛想よく相槌を打つ綾人の声も耳に入ってくるが、当てつけがましく盛大な舌打ちをしてやりたい気分になる。

一平の口からは、料理の話がひとつも出てこない。

何が「江戸の夜は華やか」だ。いったい何を見聞きしてきたんだか、わかったもんじゃない。

土間のほうからぷんぷんと漂ってくるのは、酒や白粉、それに煙草のにおいだ。江戸の料理も多少は味わってきたのかもしれないが、醬油や味噌のにおいがかき消されるほど飲んでくるのはいかがなものか。

「明日は、浅草の奥山《おくやま》で珍しいもんを見たいなあて思うとってね」

ちはるは、むっと唇を引き結んだ。

また盛り場か。

綾人に向かって話し続けている一平の声が、ひどく耳障りに感じる。せっかく修業の旅に出してもらえたのに、いったいどういうつもりで遊び歩いているんだ。せっかく修業の旅に出してもらえたのに、料理そっちのけで羽目をはずし続けるつもりか。

ちはるには、とても信じられない。せっかく得られた機会なのに、それを活かそうとしないだなんて。

今の一平の姿を見たら、加賀の親方だって悲しむに違いない。

華のお江戸に着いたとたん、浮かれてしまったのだろうか。もう少し落ち着けば、しっかりと地に足をつけて、真面目に江戸の料理を食べ歩くのだろうか。

いや、もし自分であれば、初日から江戸の味を学ぶために勢い込むだろう、とちはるは思った。

やはり一平は、純粋な料理人ではなかったのか……。

ちはるの胸に憤りが込み上げてきた。

慎介が認めた料理人の弟子だから、一平も有能な料理人に違いない、と思い込んでいた自分にも腹が立つ。がっかりも、いいところだ。

慎介には「一平さんが江戸にいる間は、いろんな話を聞いてみな」と言われたが、酒や芸者の話ばかり聞いたってどうしようもない。

綾人と笑いながら話している一平の顔が、とんでもない軽薄顔に見えてきた。

ちらりと慎介を見れば、まるで一平の声など耳に入っていない様子で、包丁の手入れをしている。一平が二階へ上がる前に「おやすみなさい」と声をかければ、手を止めて「おう」と応えただけで、またすぐ作業に戻ってしまった。

ちはるはため息をついて、調理台を拭き清める。

人は人、自分は自分。ちはるは目の前の仕事を精一杯やるだけだ。


一平のことは気にすまいと思いながら数日が過ぎたが、夜な夜な町へ出かけていく姿を見ると、どうしても「また遊びに行くのか」と腹が立ってしまう。

ここは旅籠だから、物見遊山に訪れる旅人たちも数多く見てきた。その客たちが毎日楽しそうに遊び歩いていれば、よかったと心から思っていた。

だが、一平は料理人——料理修業のため、江戸へ出てきた身だ。

もっと真摯《しんし》に江戸の味と向き合ってもらいたいという気持ちが、ちはるには拭い切れなかった。

自分の中に、一平をうらやましいと思う心があるのだ。

ちはるはまだまだ朝日屋で学ぶことが多く、とても修業の旅になど出られない。慎介の指導がなければできないことばかりなのだから。

それに、女が箱根《はこね》の関所を越えて一人旅をするなど、危険が多過ぎるだろう。山賊になど襲われたら、ひと溜まりもない。

箱根の関所でだって、難儀するかもしれない。「入鉄砲に出女」と言われるほど、女に対する関所での改めは厳しいのだ。

今後も料理人として生きていく中で、女だからあきらめねばならぬことはいくつも出てくるだろう。そのたびに男をうらやんで、すねたってどうしようもない、と頭ではわかっているつもりだ。

けれど、酒や白粉のにおいを漂わせて連日遊び回っている一平を見ると、どうして恵まれた境遇をもっと大事にしないのかと怒りたくなってしまう。

食事処に客が入り、忙しくなると、一平のことなど頭から消えるが、ふとした拍子に雑念が戻ってくると、たまらなくいら立つ。

無心になりたくて、ちはるは賄を食べ終えたあと、懸命に調理場の片づけをした。

そこへ一平が戻ってくる。

今日はそれほど酒のにおいをまとっていないが、どこで何をしてきたんだかわかったもんじゃないという思いが胸をよぎる。

「慎介さん、明日の朝膳も楽しみにしとります」

一平が調理場の前に立った。ちはるは調理台を拭くふりをして、さっと顔をそらす。

「江戸の味はどうだ？」

「ええですねえ」

慎介の問いに、一平はへらりと笑いながら答える。

「江戸は醤油が、がんこにくどいと聞いて、少しびびっとりましたが、じゃまねえです。うちの親方がたまに江戸の味つけを食べさせてくれとったおかげです」

慎介がうなずく。

「何か困ったことがあれば、いつでも遠慮なく言ってくれよ」

一平は笑顔で頭を下げた。

「おかげさまで、毎日、楽しゅう学んどります。見聞を広めるため、江戸中の店へ行ってみたいですわ」

ちはるは胸の内で「けっ」と声を上げた。

どんな店で何を学びたいのか、まったく怪しいものだ。この男、まっとうな料理屋へ足を運んだことがあるのだろうか、と勘ぐってしまう。

「ちはるちゃん、遅くまで、一所懸命に働いとるね」

「いつも通りですから」

一瞬だけ顔を上げて答えると、ちはるはすぐにまた調理台へ向き直った。

まともに顔を合わせたら、つい嫌みを言ってしまいたくなりそうだ。

あなたは遊ぶために江戸へ来たんですか、何で料理の道をまっしぐらに突き進まないんですか――差し出口を叩く立場になどないことは、自分でもわかっている。

ちはるはなるべく一平の姿をまともに見ないよう努めた。

平常心を保つには、むかつきの元凶を眼中に入れぬのが一番だ。


ホーホケキョ。

翌朝、目が覚めてすぐ耳にしたのは鶯の鳴き声だ。

幸先がいいと思いながら、ちはるは身支度を調えて庭へ出た。

板塀の上に小鳥が飛んでくる。

まさか鶯――と一瞬思ったが、目白だった。体が鮮やかな黄緑色をしており、目の周りがくっきりと白いので、間違いない。鶯はもっと地味で、茶色がかっているのだ。

それに、目白はよく人前に姿を現して花の蜜を吸ったりするが、鶯は藪の中に隠れて虫などを食べていることが多い。野生の鶯の声は聞こえど、姿を見ることはまれなのである。目白がもう一羽、飛んできた。最初に現れた一羽に、ぴたりと体をくっつけて並ぶ。目白が群れて木に止まる際は押し合うように体を寄せ合うので「目白押し」という言葉が生まれたが、今日は食事処の客が店開けから押し寄せるのだろうか。

井戸から水を汲み、調理場の水瓶に移していると、慎介が現れた。

「遅くなっちまって、すまねえな」

心なしか、いつもより元気がないように見える。

「おはようございます。慎介さん、もしかして具合でも悪いんですか？　何だか、お顔がいつもと違いますけど……」

「いや、別に」

慎介は笑みを浮かべながら首をかしげた。

「昨夜、寝床に入ってから、新しい献立の案が浮かんでよぉ。あれこれ考えていたら、眠れなくなっちまったから、そのせいかもしれねえ。おれも年だなぁ」

さあ仕事をするぞ、と声を上げ、慎介は出汁を引き始めた。

鰹節《かつおぶし》から溢れ出てくる香りが、ちはるの鼻先に絡みついてくる。

甘く、優しい——けれど、荒々しい海の沖を彷彿《ほうふつ》させるようなたくましさも感じる芳醇な香りが、調理場の隅々まで広がっていく。

ちはるは鼻から大きく息を吸い込んだ。

鰹出汁の澄んだ香りが体内を駆け巡り、満ち足りた気持ちにさせてくれる。

慎介が作る出汁は常に一点の濁りもなく輝いて、食材の持つ力を引き立て、なおかつひとつの料理としての調和を生み出していくのだ。

ちはるはうっとり目を閉じた。

料理の命ともいえる出汁――。

ちはるが全身全霊をかけて出汁を引いたって、まだまだ慎介の域にはおよばない。

慎介がいる高みを目指すのは、果てのない海の彼方を目指すようなものなのかもしれない。

けれど、どんなに遠くても、慎介のあとを追いかけなければ。追い続けなければ。

一平に紹介してくれた時の、慎介の声を思い出す。

――おれの弟子のちはるだ――。

そう、自分は慎介の弟子なのだ、という思いを、ちはるは改めて強くした。

一生ずっと弟子でい続けるためには、どんな困難が目の前に立ちはだかっても、慎介のそばを絶対に離れない。料理修業の旅になんて出られなくてもいい。

慎介は、最高の料理人だ。この上ない師匠なのだ。

「ううっ――」

ちはるは、はっとした。

慎介がうめき声を上げて、調理台の前にしゃがみ込んでいる。

ちはるは慌てて駆け寄った。

「大丈夫ですかっ、どうしたんですか⁉」

慎介は言葉も出せずに、顔をしかめて苦痛をこらえている。

「やっぱり具合が悪かったんですか。どこが痛むんですか」

と言いながら慎介の体に目を走らせて、ちはるは絶句した。

慎介は左手で、右腕を押さえている。

「もしかして古傷が……」

痛むんですか、という言葉は声に出せなかった。

ちはるの脳裏に、去年の暮れの光景が浮かぶ。小田原《おだわら》の蒲鉾《かまぼこ》職人、伝蔵《でんぞう》が、自分の弟子と一緒に作った蒲鉾やはんぺんなどを送ってくれた時のことだ。

賄を用意していた慎介の右腕に痛みが走り、大皿に載っていたはんぺんを太煮の鍋の中に落としてしまった。せっかく伝蔵が送ってくれた物を無駄にしてしまったと慎介は嘆いたが、いっそ全部入れてしまおうとちはるが提案し、思いがけず非常に美味い賄料理ができ上がったのだったが――。

慎介の右腕には、かつて福籠屋を乗っ取ろうとした者たちにつけられた傷跡がある。ひ

ど い火傷《やけど》の跡と、刃物で切られた跡だ。

卑怯者《ひきょうもの》どもが負わせた傷は、いったい、いつまで慎介を苦しめるのか。大事な店を奪い、料理人としての道を閉ざしかけたのみならず、この先もずっとつきまとうつもりなのか。

「この馬鹿、何て顔してやがるんだ」

慎介が無理やり顔に笑みを浮かべて、ちはるの顔を覗き込んできた。

「おれは大丈夫だから、心配するな」

慎介は右腕を押さえながら立ち上がった。少しよろけたその体に向かって、ちはるは思わず手を伸ばす。何とか支えたいと、両手で慎介の体をつかんだ。

「大丈夫、大丈夫だ、ちはる」

慎介の左手が、ちはるの手の甲をぽんぽんと叩く。

だが、右腕はぴくりとも動かない。

ちはるは呆然《ぼうぜん》と、慎介の右腕を凝視した。

「おい、どうした。何かあったのか」

調理場の入口に、怜治が立った。その顔を見たとたん、わずかに気がゆるんで、ちはるは泣きべそをかいた。

「慎介さんの手が……」

ちはるの言葉に、怜治は血相を変えて慎介に駆け寄る。

「痛むのか。動かせるか？」

慎介の顔つきと腕の様子を見た怜治は、綾人を呼んで医者を連れてくるよう命じた。

飛び出していった綾人は、すぐに医者を連れて戻ってきた。先日、利々蔵を診た医者である。

桜鯛の宴が開かれたあの日、帰り際に権八郎が、草履を出した綾人に告げたのだという。

――あの外科医者は怪我の手当てが上手えんだ。わりと口も固《かて》えから、おれたちもたまに世話になってた。朝日屋の客が足をくじいたりした時は、あいつに診てもらうといいぜ――。

外科だけでなく、評判のよい本道（内科）医の住まいなども、綾人は教えてもらっていた。

ちはるは慎介の部屋の前に立ちつくして、診察が終わるのをじっと待つ。

中へは入れてもらえなかった。

診察の邪魔になってはいけないからと、同席しているのは怜治のみである。

ちはるは歯がみした。

待っている時が、とてつもなく長く感じる。

慎介の右腕に、もし万が一の事態が起こっていたら――そう思うと、戸を蹴破ってでも中へ押し入りたくなるが、それと同じくらい、医者の見立てを聞くのも怖かった。

今はただ、大事に至らぬことを信じて待つしかないのだ。

「大丈夫だよ、ちはる」

そっと肩を叩かれ、振り向けば、憂い顔の綾人に見下ろされていた。

「権八郎さんの話じゃ、あの先生は若い頃から、相当ひどい怪我人をたくさん診てきたそうだよ」

権八郎たちが世話になったということは、切った張ったのやくざ者を数多く手当てしてきたのだろうか。

だとすると、慎介の怪我も見慣れたものなのか……今からでも、慎介の右腕を完全に治せないものだろうか……。

慎介の部屋の戸が、がらりと中から引き開けられた。

怜治が出てくる。ちはるは飛びついた。

「慎介さんは⁉」

怜治の両手が、ちはるの両腕をぐいとつかむ。

「古傷は大丈夫だそうだ」

ちはるは、ほっと息をつく。

「でも、それじゃ、どうして右腕が痛んだんですか？」

怜治は無言になった。

「わたしの見立てによると、長年の酷使による痛みだな」

怜治の後ろから出てきた医者が、ちはるに告げる。

「鍼灸《しんきゅう》の名人といわれている者を紹介するので、その治療を受ければ、だいぶ楽になるだろう」

ちはるは医者を見上げた。

「あの、長年の酷使って……」

医者がちはるを見据える。

「料理人は、ひたすら包丁を使い続けたり、鍋の中をかき混ぜ続けたり、皿を洗い続けたりするだろう」

「はい」

「朝から晩まで長い間、毎日毎日、何年も——慎介さんの場合は何十年も、料理人として手を使い続けてきたんだ。怪我がなくたって、腕はとっくに悲鳴を上げていただろう」

医者は左手の人差し指で自分の右手首を指し示した。

「こたびの痛みは、古傷の少し下——手首と、親指のつけ根だな」

医者の人差し指が右手の親指のほうへ向きを変えるのを、ちはるはじっと見ていた。

父が以前、手首を揉んだり、そらしたりしていたことを思い出す。

「年を取ってくると、体は次第に無理が利かなくなってくるものだ」

医者は部屋の中を振り返った。

「では、行こうか」

慎介が暗い表情で出てくる。

「せっかくのお申し出ですが、今はやっぱり行けません。これから大急ぎで朝膳を作らなきゃならねえんで」

医者は静かに頭を振った。

「今は手を動かしてはならぬ」

「動かさなきゃ、いったい誰が料理を作るっていうんです?」

慎介は左手で右手首をつかみながら、医者の前に回り込む。

「おれがやらなきゃ、お客の食事は――」

「わたしがやりますよ」

不意に上がった声に、一同は勝手口を見やった。いつの間にかそこにいた一平が、にこりと微笑んで慎介に歩み寄る。

「わたしを使ってください。きっと、お役に立てるて思います。慎介さんにいろいろ教えてもらおう思《おも》て、ちゃんと自分の包丁も持ってきとるんで」

「いや、申し出はありがてえが……」

一平は怜治に目を移した。

「お医者さんの言うことを聞かんで無理をして、二度と手が動かせんようになったらどうするがけ。今は慎介さんの治療を急ぐべきやろう」

怜治はうなずいて、一平の目をじっと見つめ返した。

「頼む」

「任せといてください」

一平は即答すると、慎介に向き直った。

「ここで黙って見とったら、うちの親方にがんこ怒られます」

慎介の表情が、ふっと一瞬ゆるんだ。まるで、矢太郎が目の前に立っているかのように。

怜治がそっと慎介の肩に手を置いた。

「行くぞ」

有無を言わせぬ断言に、慎介は力なくうなだれた。

「ちはる、あとは頼んだぞ。一平さんと一緒に、朝膳を作り上げてくれ」

「はい」

一平に今朝の献立を説明すると、慎介は鍼灸の治療を受けるため、怜治につき添われて出かけた。

ちはるもついていきたくなるが、調理場を空けるわけにはいかない。

一平が、ちはるの顔を覗き込んでくる。

「さあ、仕事にかかるまいか」

さっと踵《きびす》を返して調理場へ入っていく一平の後ろ姿を、ちはるは思わず睨みつけた。なぜ、朝日屋でおまえに仕切られねばならぬのだ、という思いがぐるぐると胸の内を駆け巡る。

慎介の体を第一に考えれば、一平と一緒に調理場へ入るのは仕方ないが……。

酒と白粉に埋もれているおまえなんぞに、使われてなるものか。あたしがおまえを使ってやるんだ、と鼻息を荒くして、ちはるは調理台の前に立った。

けれど自分の意気込みが見当違いだったことを、ちはるはすぐに思い知らされた。

一平が調理台の上で、手拭いに包まれていた包丁を取り出した時、かなり使い込まれた道具だとひと目でわかったのだ。よく手入れもされているようだ。慎介の包丁と比べても、遜色《そんしょく》なく見えた。

下ごしらえに取りかかった一平の手際も素晴らしく、見事としか言いようのないものだった。

みっちりと基本を叩き込まれたであろう動きは、恐ろしいほど丁寧で、いっさいの無駄がない。一朝一夕で身につけられるものではないと、明らかにわかった。

一平の手により、大根が桂むきにされていく。

速い――。

するすると簡単に包丁を動かしているように見えるが、初心者にこの動きはできない。よけいな力がいっさい入っておらず、驚くほどなめらかな手つきだ。

透き通った紙のようにむかれた大根は、どこも均等に薄く、美しい。まるでひと筋の白い光が、ゆったりと流るる川のごとく、一平の手から生み出されているように見えた。

次に、一平は鯛を下ろした。桂むきにした大根で包んで、蒸し、とろみのある餡をかけて仕上げるのだ。

魚の扱いも上手く、やはり手が速い。迷いのない動きで、一平はどんどん鯛の身に包丁を入れていく。

「ちはるちゃん、味噌汁《おつけ》」

「はっ、はい！」

一平は自分の仕事をきっちりこなしながら、ちはるの動きにもしっかり目を配っていた。

「慎介さんが心配なんはわかるけど、調理場に入ったら料理のことだけ考えんと。お客さんが待っとるんやから」

いつもより厳しい一平の声に、ちはるは呑まれそうになった。

「切れ味も味の内なら、速さも美味さの内やぞ」

「はい……すいません」

ちはるは唇を嚙んで、曙色の前掛を見下ろした。裾に、朝日屋の「あ」──毬のように見える文字には、何事も丸く収まりますように、物事に弾みがつきますように、という願いが込められている。

ちはるは顔を上げて、たすきをしめ直した。

一平の包丁に見惚れている場合ではない。

今できることを、きっちりやらねば。慎介が帰ってきた時に、胸を張って出迎えられるように。

ちはるは大きく息をついて心を落ち着けると、丁寧に味噌汁を作った。

美味い料理を客に出すということだけを考えるようにして、手を動かす。

仕上げた味を、慎介に確かめてもらえないのだ。いつも以上に神経を研ぎ澄まさねば。

においをよく嗅げ。色をよく見ろ。指先に気を集めるのだ。調理中の音にも耳を凝らせ。

味を見た時の感触は、いつも通りか──。

「ちはるちゃん、朝日屋の味つけはこれでいいがやろうか」

とろみをつける前の餡の汁を小皿によそって差し出された。一平の目は、ほんのわずかに不安に揺れているように見える。

ちはるは小皿を受け取って、鼻に近づけた。漂ってくるにおいに、思わず目を見開く。

いつものにおいに、かなり近い。

だが……。

ちはるは再び、においを吸い込んだ。やはり、わずかな違和を感じる。

「いただきます」

味を確かめるべく、小皿に口をつける。口の中に汁が広がったとたん、確信した。

「醬油を、あとほんの少しだけ」

江戸の味つけは濃いとよく言われるが、濃くし過ぎることを恐れて、一平は控えめに醬油を入れたのだろう。鯛の白身の味を損なわぬよう、ここは少し薄めだろう、と判断したのかもしれない。

「今朝の鯛は、脂乗りのいいにおいがしていましたから、あの鍋の分量なら、あと小匙《こさじ》ひとつ分くらい醬油を足しても大丈夫ですよ」

「あ、ああ」

不意に、調理場に漂う醬油のにおいを押しのけるようにして、ちはるの鼻先に甘い香りが絡みついてきた。

これは、大根と鯛が混ざり合った香り――。

「鯛の大根包みが、蒸し上がりましたよ」

「えっ」

一平が蒸籠《せいろ》を振り返る。

「大根と鯛がしんなり馴染んだにおいがします」

一平は蒸籠とちはるの顔を交互に見やった。

「いくら鼻が利くからいうて、まさか、ほんな……」

「火を入れ過ぎると、鯛の身が硬くなってしまいますよ。大根の歯触りだって」

一平は唸り声を上げると、きびきびと動き出した。蒸籠を火から下ろし、餡にする汁の味を直す。

「今度はどうやろう」

ちはるは再び味を見て、大きくうなずいた。

「大丈夫。朝日屋の味です」

一平が、ほっと息をつく。

「それじゃ、これでとろみをつけるよ」

「お願いします」

ちはるは舌を巻いた。たった一度の説明で、作り慣れぬ江戸の味を――いや、朝日屋とまったく同じ味を出せるとは――。

ちはるは一平とともに朝膳を仕上げた。

たまおとおふさが調理場へ入ってくる。

「お膳の用意はできましたか？」

「はい！」

「では、お運びいたします」

「お願いします」

二階の客室へ次々と運ばれていく朝膳を、ちはるは満ち足りた気持ちで見送っていた。

泊まり客たちが旅立ったあと、朝日屋一同は入れ込み座敷で賄を食べ、ひと息ついた。

慎介が今どうしているか気になるが、ちはるは口に出さなかった。みなも案じ顔をしながら黙っている。今は、ただ待つしかないのだ。

「ああ、美味しい」

たまおが淹れた茶を飲んで、一平が感嘆の声を上げた。

「親方のお仲間がやっとるとこやし、そりゃあ料理は絶対に美味しいやろと思うとりましたが、朝日屋はお茶も格別ですねえ」

一平の朗らかな声で気持ちがまぎれたかのように、たまおが笑みを浮かべた。

「ありがとうございます。だけど、一平さんの腕前もすごいですねえ。江戸の味が、すんなり出せるだなんて」

「いやあ、すんなりちゅうことはないんやけど」

一平は照れたように後ろ頭をかいた。

「加賀でも、たまに親方と一緒に、美味いて思うた別の店の味を作れるか試してみたりしとったもんで」

遊び半分、勉強半分ですわ、と一平は笑った。

「あとは、やっぱり、江戸の店を食べ歩いとるおかげかな」

「ごめんくださいよ」

一平の声にかぶせるように、表口から女の声が上がった。

見ると、鼠色に黒縞の地味な着物をまとった女が一人、戸口に立っていた。若く見えるが、薄化粧の顔にはしわが刻まれていると、遠目からもわかる。つまり、かなりの年増だ。

「蘭丸姐《らんまるねえ》さん！」

腰を浮かせた一平に、女が目を細める。

「遅くなっちまいましたが、お約束の品を持ってきましたよ」

ずいっと土間に踏み入ってきた蘭丸は、まるで花道を闊歩《かっぽ》する歌舞伎役者のごとき歩きっぷりで向かってくる。

蘭丸は入れ込み座敷に上がると、腰を下ろして風呂敷包みを脇に置き、床に両手をついた。

「朝日屋の皆さん、ちょいとお邪魔いたしますよ」

優雅な仕草で辞儀をしてから、蘭丸は風呂敷を開いた。中から取り出したのは、竹皮の包みである。

「これが先日お話しした、深川の八幡さまの門前で売られている焼き団子です」

深川の八幡さまとは、富岡八幡宮《とみおかはちまんぐう》のことである。

「たくさん買ってきたから、朝日屋の皆さんとご一緒にどうぞ」

一平は歓声を上げて包みを受け取った。

「蘭丸姐さん、あんやとう！」

たまおが蘭丸のために茶を淹れる。

「さ、どうぞ」

「ありがとうございます。では遠慮なく」

蘭丸は茶を飲むと、朝日屋一同の顔を眺め回した。

「ふふ。その様子じゃ、皆さん何も聞いていないんですね」

ちはるは自分の頬に手を当てる。ひょっとして、ぽかんとしたまぬけ顔で見つめてしまっていただろうか。

「一平さんが、ものすごく酒くさくなって帰ってきた日はありませんでしたか」

「あっ――」

思わず声を発したちはるに、蘭丸が悪戯っぽい笑みを向ける。妖艶《ようえん》な流し目に、どきりとした。

「一平さんは、あたしをかばって酒を浴びちまったんですよ」

「姐さん、その話は」

蘭丸は片眉を上げて、さえぎろうとした一平を見やる。

「何さ。別に、隠すような話じゃないだろう」

蘭丸は鼻をふんと鳴らしてから、すっと居住まいを正した。

「ちょいと薹《とう》が立っちまったが、三味線《しゃみせん》上手の辰巳芸者、蘭丸姐さんとはあたしのことでございます。加賀の料理人、一平さんとは、先日のお座敷で出会いましてねえ」

蘭丸は、深川の料亭へ呼ばれて芸を披露していた。客は、薩摩出身の武士だったという。

「これがまた嫌な男でねえ。若い芸者を酔わせようと、無理やり酒を飲ませたりしてさ」

蘭丸は三味線を弾きながら、いつでも間に割って入れるよう様子を見ていた。曲と曲の合間に話しかけ、武士の気をそらそうと努めた。

「そいつがいったん杯を置いて、鯉《こい》の刺身なんかを食い出したから、『料理はお口に合いましたでしょうか』なんて猫撫で声を出して、機嫌取ってたんだよ」

酒よりも料理に気が向くよう、蘭丸は話し続けた。

――まあ、男らしい食べっぷり。お国では、どんな魚が獲れるんですか――。

「そんな話から、やつは、江戸へ出てくるまでの道中で食べた魚や料理を、思いつくまま次々と挙げ出してねえ。おまえたちは江戸を出られぬ身であろうから、この先も味わう機会などあるまい、って自慢げにさ」

蘭丸が江戸の出ではないと知った薩摩武士は「おまえの国元に、何か珍しい料理はあるか」と尋ねてきた。

「それで、能登《のと》には『ふぐの糠《ぬか》漬け』がございますって答えたんだよ」

ふぐには毒があるので、当たると恐ろしいことから、江戸では「鉄砲」と呼ばれている。けれど、めったに当たらぬと、町人たちは「ふぐは食いたし命は惜しし」などと言いながら食べていた。

それに対して武家では、ふぐを食べることを禁じられている。主君に捧げるべき命を、ふぐの毒で落とすなど、武士にとっては不名誉とされているのである。

薩摩武士は、ふぐの糠漬けの存在を知らなかった。

「そんな物あるはずがないって言うんだよ」

蘭丸は顔をしかめて、うんざりした声を出す。

「卑しいと見下している芸者が知っていることを、自分が知らないってことに、腹を立てちまったようでねえ」

まったく小さい男だよ、と蘭丸は苦笑した。

嘘つき呼ばわりされた蘭丸は、ふぐの糠漬けはあると言い張った。

「あたしは能登の生まれでね。八つの時、金に困った親に売られるまで、海辺の村で育ったんだ」

だから小さい頃から、ふぐの糠漬けの存在は知っている。

——ええ加減なこつ抜かすな、こん物知らずめ。知識で武士に勝てうと思うなじゃ。謝れっ——。

むきになって罵ってくる薩摩武士に、蘭丸はむかついた。相手が二本差しだからとひるんで、言われるままに頭を下げては、辰巳芸者の名がすたる。

「だから怒鳴りつけてやったのさ」

——物知らずはどっちだ、この田舎侍め！　芸者遊びもろくに知らない野暮天《やぼてん》のくせに、威張り散らしてんじゃないよっ——。

激高した薩摩武士が膳を引っくり返し、若い芸者たちが悲鳴を上げた。

「ちょっとした騒ぎになっちまってねえ」

隣の部屋で膳を味わっていた一平の耳にも「ふぐの糠漬け」「ある」「ない」「ふざけるな」などという言葉が届いていた。

——生意気な女《おなご》め、無礼打ちにしてやっどっ——。

薩摩武士がそう叫んだ時、隣の部屋を飛び出した一平が蘭丸の前に現れた。

──その姐さんのおっしゃる通り、ふぐの糠漬けはごぜえますよ──。

一平は自分が加賀から来た料理人であると名乗り、昔から能登地方では、ふぐの糠漬けが存在すると明言した。

──ふぐを塩漬けにして、さらに糠に漬け込むと、毒が消えて食べられるようになるんですよ。三年もの長い時をかけて、作り上げるんです──。

もとは蝦夷《えぞ》のほうから北前船《きたまえぶね》で運ばれてきた鰊《にしん》やふぐなどの塩漬けを、糠に漬け込んだのだという。厳しい冬をしのぐための食物として作られていた。

国元の書類にも、ふぐの糠漬けの記録があるはずだ、と一平は言い添えた。

淡々と諭すように説明した一平に、二の句が継げなくなった薩摩武士は、腹立ち紛れに酒をぶちまけた。何か祝い事があったようで、上役からもらったと上機嫌で持ち込んだ角樽の中の酒を、蘭丸に浴びせようとしたのである。

酒は、とっさにかばった一平にかかった。

「あたしにがばっと覆いかぶさって、身を挺して守ってくれたんだよ」

蘭丸は我が身を抱くように、両手を動かした。

「久しぶりに若い男の腕に包まれて、胸がきゅんと疼《うず》いちまったねえ」

ふふふ、と笑い声を上げながら、蘭丸は一平に流し目を送る。

一平は、はにかんだ笑みを浮かべて自分の頬をつるりと撫でた。

「わたしのほうこそ、姐さんの白粉のにおいにくらくらしとりました」

蘭丸は嬉しそうに笑みを深めて、朝日屋一同をゆるりと見回す。

「薩摩の芋侍め、角樽を振り回して暴れやがってねえ。料亭の男衆が駆けつけてくれるまで、一平さんは、あたしたち芸者をかばって戦ってくれたんだよ」

一平は首と手を横に振る。

「ほんなたいそうな。お侍を相手に戦うなんてこと、できませんよ。ただ姐さんたちに引っついて、部屋の中をあっちこっち逃げ回っとっただけや」

「そう言って、お礼もさせてくれないんだからさ」

「お礼なら、ちゃんとあたったわ」

一平が竹皮の包みを指し示すと、蘭丸は苦笑した。

「あたしが好んで食べているおやつがあったら教えてくれ、だなんて――本当に欲がないねえ。派手に芸者遊びをさせてくれってんなら、喜んで仲間を集めたのにさあ」

一平は胸を張って、蘭丸を見る。

「わたしは欲深いですよ。できることやったら、江戸中の食べ物を知ってから次の場所へ行きたいと思うとります」

「それじゃ何年もかかるんじゃないかい。宿代が払えなくなったら、この蘭丸姐さんの長屋へおいで。飯炊き男として置いてやるよ。裏長屋にお抱えの料理人だなんて、贅沢でいいじゃないか」

蘭丸と一平の笑い声を聞きながら、ちはるは唇を引き結んだ。

大量の酒と、白粉のにおいには、ちゃんとわけがあった……。

「あたしのお客さんたちに、また美味い料理屋の話を聞いておいてやるからね。二本差しを言い負かした一平さんの武勇伝は、深川の芸者たちの間にしっかり広まっているから、みんなも喜んで助力してくれるよ」

「あんやと存じみす。おかげさまで、置屋通いがやめられませんわ」

置屋とは、芸者を抱えている店のことである。

一平が置屋に出入りしていたのであれば、白粉のにおいが染みつくのも納得だ。座敷で芸者遊びをしていたのではなく、座敷へ出る前の芸者たちから料理屋の話を聞き込んでいたとは――。

勝手に誤解して、決めつけていた自分を、ちはるは改めて恥じた。

一平はまぎれもなく、修業熱心な料理人だ。

「いつか一平さんが加賀に店を出したら、あたしも行ってみたいねえ」

蘭丸がしみじみとした声を上げた。

「死ぬ前に、もう一度、故郷の海を見たいと思っているんだ」

「ぜひ、お出でてください。加賀と能登は、ご近所ですから」

即答した一平に、蘭丸はうなずく。

「あんたの食日記が充実するよう祈ってるよ」

蘭丸の言葉に、ちはるは一平に向かって首をかしげた。

「食日記……？」

「ああ、旅の中で食べた物を、帳面に書きつけとるんや」

いったい何が書かれてあるのか――。

「見るけ？」

ちはるは目を大きく見開いた。

「い……いいんですか……？」

「構わんよ。隠さなならんようなことは何も書いとらんし」

事もなげに言った一平の向こうに、ちはるは雄大な大海原を見た思いがした。

蘭丸が帰ったあとすぐ、一平は入れ込み座敷に日記を持ってきてくれた。

差し出された帳面を開き、ちはるは感嘆の息をつく。

浅草で食べた雷おこし、どじょう、鰻、蕎麦、煎餅。両国で食べた寿司、ももんじ、饅頭、なぜか相撲部屋の賄飯まで――わかりやすい絵とともに、使われている食材や味つけなどが詳細に記されてあった。

「すごい……食べ物だけじゃなく、店に出入りしているお客さんたちの身なりまで書いてあるんですね」

ちはるが紙面を指差すと、一平が覗き込んできた。

「ああ、ほれか。高級料亭から場末の小さな料理屋まで、できるだけ幅広う見てこい、って親方に言われたもんでね」

一平の師匠の矢太郎も、かつて旅に出た時は目についた物を食べられるだけ食べて、さまざまな味を知ったのだという。

「うちの親方はほんまに、万事に興味関心を持つお人でね」

若き頃、慎介に語った通り、矢太郎は東西南北の各地をできるだけ遠くまで歩いた。さまざまな店や料理を見聞きする中で、自分がいつか構える店についての考えを固めていったのだという。

「わたしも親方のようにしたいんや」

ちはるは一平の食日記を見つめた。

矢太郎も、各地で食べた料理の絵や味の特徴などを、慎介への文にしたためていたというが……。

「知り合ったばかりのあたしに、こんな大事な物を見せてもいいんですか」

ちはるの言っている意味がさっぱりわからぬと言いたげに、一平は首をかしげる。

「だって、これは一平さんの——料理人の財産じゃありませんか。簡単に、人に教えていいんですか」

一平は笑った。

「わたしが旅で得た知識は、加賀中の料理人たちに伝えたいて思うとる」

ちはるは息を吞んだ。

「一平さんが苦労して歩き回って、旅の中から新しい料理を思いついたとして——一平さんの日記を見た他の料理人が、同じ品を考えたらどうするんです？　一平さんの考案を真似されたりしたら」

「構わんよ」

あっさり即答した一平に、ちはるは絶句した。

一平は笑みを深めて、ちはるの顔を覗き込む。

「わたしが手に入れたもんは、誰にも奪われたりせん」

一平は拳を固めて、ちはるの前に突き出した。

「わたしが見聞きしたもんは全部、わたしの血肉になっとる。盗もうて思うても、盗めるもんでないんや」

盗《と》れるもんなら盗ってみろと言うように、ちはるの顔の前で一平の拳がぱっと開かれる。

「この手につかんだもんは、すべてわたしの中にある」

節くれ立った、料理人の手――。

ちはるは膝の上で拳を握り固めた。

掃除、洗い物、皮むき、殻むき、火や包丁の使い方――一平の手には、何年もの間こつこつと努力を続けてきた証が刻み込まれている。厳しい修業をひたすら積み重ねてこなければ、絶対こんな手にはならない。

「わたしは店に入ったんが遅うてね」

一平の兄弟子たちは十になる前から料理屋に住み込んで、追い回しとして働いていたのに、一平が修業を始めたのは十二の時だったという。

「わたしには兄が二人おるんで、口減らしのために米を作っとる百姓のとこへ養子に出されるはずやったんやけどね。ほの家に、あきらめとった跡取りが生まれたっていうんで、養子の話が流れたんや」

両親は別の伝手を頼って、料理屋への奉公を決めた。

「年下の兄弟子たちに散々しごかれて、毎日泣きながら仕事しとったよ」

あとから入ってきた弟弟子たちも、十に満たない者ばかり。追い抜かされたくない一心で、一平は励んだ。

いつか誰よりも料理が上手くなりたい。いや、なってみせる、と歯を食い縛って、つらい修業に耐えた。

「そん時の親方は癇癪《かんしゃく》持ちの年寄りで、よう手足を出す人やった。何度も殴られて、耐えきれんで奉公先を逃げ出すもんもおったけど、わたしは負けたくないて思うた」

やがて、親方は引退し、親方の息子が店を継いだ。

「その人は、わりと話のわかる人でね。自分は父親のようになりとうないて思うとったそうや」

各地を渡り歩いてきた料理人の矢太郎を店に置き、矢太郎が加賀で店を開きたいと言った時は助力もしたという。その縁で、一平は矢太郎の店に移ることになったのだ。

「今の親方は、わたしをのびのび育ててくれた」

生まれ故郷である江戸の話をする時、矢太郎は必ず慎介の名を出した。

——かけがえのない仲間と巡り合えることは、本当に幸せなことだ。自分一人じゃめげちまうようなことも、信頼できる誰かと一緒なら、きっと乗り越えられるからな——。

「つらかった修業の日々も、負けん気ぃ起こして這い上がるために必要やったて思え、って親方は言うた」

——癇癪持ちの親方や、年下の兄弟子たちに負けたくねえと思ったから、おまえは必死になって技を磨いてきた。言わば恩人なんだぜ——。

一平は苦笑する。

「恩人とまでは思えなんだけど、まあ、親方の言わんとしとることはわかったよ。確かに、あの人たちがいなければ、わたしはあそこまで我武者羅《がむしゃら》に修業できなんだかもしれん」

　矢太郎は事あるごとに慎介の名を出して、道を究《きわ》めるためには仲間が必要だ、と語った。

たった一人で高みを目指すのは、なかなか難しい――と。

「この旅の中で、わたしは各地に仲間を増やしたいて思うとるんや。競い合う相手が多ければ多いほど、わたしも成長できるからね」

　一平はにっこり笑った。

「ちはるちゃんも、よろしゅうな」

「え……」

　一平は、ちょんと自分の鼻をつつく。

「ちはるちゃんには、誰にも奪えない天賦の才がある。さっき『大根と鯛がしんなり馴染んだにおいがします』って言われた時は、まんで驚いた。ちはるちゃんの鼻は、がんこすごいなあ」

　あまりにも屈託のない笑顔で言われたので、ちはるは思わず素直にうなずいてしまった。

　そこへ、慎介と怜治が帰ってくる。

「手は大丈夫ですか⁉」

　朝日屋一同が駆け寄って、慎介を取り囲んだ。

「まあ、落ち着け」と、怜治がみなを静め、入れ込み座敷に座るよう促した。食日記を閉じた一平も、ちはるの後ろに控える。

「慎介の手は、今のところ大事には至らねえという話だった」

怜治の言葉に、ちはるは安堵の息をつく。

「だが、痛みが出ている間は、手を休めなくちゃならねえ。しばらくの間は仕事を休ませ、鍼灸の治療を受けさせる」

「おれは休まねえ」

かたくなに言い張る慎介を、怜治は睨みつける。

「駄目だ。これは主の命令だ。何が何でも言うことを聞いてもらうぜ」

慎介は眉根を寄せて、怜治を睨み返す。

「ちはる一人で仕事を回すのは無理ですよ。今の朝日屋には、大勢の客が来るんだ。どんなに頑張ったって――」

「引き続き、わたしに手伝わせてください」

一平が立ち上がった。慎介はすぐに頭を振る。

「江戸に逗留している間は、あちこちの店を食べ歩くんだろう。うちの調理場にこもっている暇なんかねえはずだ」

「江戸の調理場に入れるせっかくの機会を、みすみす逃しとうありませんよ」

一平は慎介の真正面に座り込んだ。

「せめて手の痛みがやわらぐまでは、わたしを使うてください。うちの親方から、刺身の引き方も教わっとるんで」

一平は畳みかけるように続ける。

「何事も、見とるだけじゃつかめません。江戸の料理をきちんと知るためには、江戸の料理を作ってみなければならないんじゃありませんか。それに、うちの親方はもともと、福籠屋の調理場でわたしを修業させたがっとったんですよ」

慎介は無言になって一平を見つめた。

「よし、頼んだぜ」

怜治が決断の声を上げる。

「うちの仲居たちにも下ごしらえを手伝わせて、できるだけ一平さんが食べ歩きに出かけられるように努めるからよ」

一平は怜治に向き直った。

「よろしゅうお願い存じみす」

何か言いたげに口を開いた慎介の前に、怜治が手をかざした。

「文句があるなら、せっせと鍼灸に通って、早く手を治せ」

慎介は悔しそうに、長い唸り声を上げた。

「調理場には入りますよ。手を動かさなきゃいいんでしょう。おれは板長として、朝日屋の味を守らなきゃならねえんだ」

怜治は鷹揚にうなずいた。

「味を見るだけだぜ」

「わかってます」

ちはるはしばらくの間、一平と二人で料理を作ることになった。

慎介の指導を得た一平は、どんどん江戸の味を——いや、朝日屋の味を正確に覚えていった。

「加賀でも、たまぁに親方が江戸風の賄を作ってくれたりしとったもんで」

そうは言っても、やはり一平の才によるところが大きい、とちはるは思う。

たまに親方と一緒に、別の店の味を作れるか試していたとも言っていたが、やはり一平は日頃から武者修業のような真似事を数多くこなしていたのだろうか。

ちはるは自分の経験不足を改めて痛感した。

だが、あせることはないと胸の内で呟く。ない物ねだりをしても仕方ない。

一平が刺身を引いている姿を見ると、羨望《せんぼう》の念が湧いたりもしたが、脇見をせず自分の仕事に気を集めるよう努めた。

今は、ただ目の前の仕事を丁寧にやるだけ——。

久馬の件で心が乱れた時と違い、一平と競い合うように料理をするのは、とても楽しい。一平に対する誤解が解けた今、一平がまるで兄弟子のように思えてくる。

並んで調理台の前にいると、その一挙一動から学ぶことが大きい。

力みのない立ち方や、包丁使い。次の動きに移る前の視線――慎介は、それらをさりげなく褒めることで、ちはるに新たな気づきを与えてくれた。

――こういうのを怪我の功名って言うんですかねえ。自分の仕事で手ぇいっぱいの時は、ちはるにゆっくり教えてやれなかったことを、一平さんのおかげで教えてやれるようになった気がします――。

慎介が陰で怜治にそう話していたと、たまおがこっそり教えてくれた。

ちはるは意気込みを新たにして、料理に取り組んだ。

そんなある日の夜――食事処を閉めたあとの朝日屋に、火盗改同心の秋津《あきつ》が現れた。賄を食べ終え、三人の仲居たちがそれぞれの住まいへ帰ったあとである。

ちはるは調理場の片づけを終えて、一平とともに、明日の献立について慎介から指示を受けているところだった。

不意に表戸が叩かれ、応対した綾人が戸を引き開けると、仏頂面《ぶっちょうづら》の秋津が土間に踏み入ってきた。乱暴に草履を脱ぐと、入れ込み座敷にいた怜治に向かって、肩を怒らせながらまっすぐ歩いていく。

「きさま、何を企《たくら》んでおる」

怜治は座ったまま、首をかしげて秋津を見上げた。

「いったい何のことで？」

「とぼけるなっ」

腰の刀を抜くのではないかと思うほどの怒気が、秋津から放たれている。

ちはるは調理台の前に出て、入れ込み座敷を見つめた。慎介と一平も、ちはるの横に並ぶ。秋津の草履をそろえた綾人は、下足棚《げそくだな》の前から入れ込み座敷を見守っている。

「ちはる、秋津さんに茶を」

「いらんわ」

秋津は大刀を腰からはずして、怜治の前にどすんと腰を下ろした。大刀は自分の左側に置く。

慎介が短くうめいた。

「どうしたんですか？」

小声で問うと、慎介は入れ込み座敷から目を離さぬままささやいた。

「武士が座る時は、刀を右側に置くものなんだ。左手で鯉口《こいぐち》を切れねえようにな」

抜刀する際は、左手で鯉口を切って、右手で刀の柄《つか》をつかむ。つまり自分の体の右側に刀を置くことで、敵意がないと相手に示すのである。

「それを、わざわざ左に置いたってこたぁ……」

敵意むき出しの証になる。

「石の権八郎たちに指図して、真砂庵を探らせているだろう」

「おれが？」

「魚河岸の連中も動かしておるな」

「どうしてです」

秋津は調理場に顔を向けた。じろりと、ちはるを睨みつけてくる。

「夕凪亭の者たちは無実であると、きさまは終始言い続けておったからな」

ちはるは息を呑んだ。

秋津が怜治に向き直る。

「先日、恵比寿屋が面倒を見ておる利々蔵とやらが何者かに襲われ、ここへ運び込まれたそうだな」

「それが何か？」

秋津を挑発するように、怜治は鼻先で笑った。

「火盗改が咎人《とがにん》を引っ捕らえてくれたってんですかい」

「町人同士の喧嘩など、火盗改が出張ることではない」

「あれは喧嘩じゃやねえ」

怜治を小馬鹿にするように、今度は秋津が鼻先でせせら笑った。

「似たようなものだ。魚河岸の魚にけちをつけられて、真砂庵に乗り込んだのであろう」

怜治が感心したように「へえ」と声を上げた。

「秋津さん、あんたがそこまで調べたってことは、やっぱり真砂庵には何かあるんだな」

「おまえには関わりのないことだ」

秋津は片膝立ちになって、怜治の胸ぐらをつかんだ。

「いいか、同じ過《あやま》ちをくり返すなよ。安田《やすだ》の死を決して忘れるな」

「忘れちゃいませんよ」

怜治の声が弱々しく響いた。

「忘れろったって、忘れられるもんじゃねえ」

秋津は怜治から手を離して座り直す。

「勘に頼るのは、おまえの悪い癖だった。無茶ばかりするおまえに、おれはいつも苦言を呈していたよな」

秋津は苦々しい声を出す。

「だが、おまえは聞かなかった」

怜治は小さく頭を振った。

「秋津さんの言いつけは守るようにしていましたよ。勘だけに頼らず、ちゃんと裏を取るよう心がけてた」

「では、なぜ安田は死んだ」

怜治が黙り込む。

秋津は鋭い目で怜治を見据えた。

「目明かしの話を鵜呑みにしたおまえが、盗人どもの動きを見誤り、残忍非道な輩が待ち構える場所へ、安田を一人で向かわせたからだろう」

怜治はうつむいた。

「むごたらしく殺された安田のように、権八郎や魚河岸の連中がなぶり殺されても構わねえのか」

「んなわけねえだろうがよ」

顔を上げた怜治に、秋津は言い放った。

「では真砂庵には関わるな。久馬の足取りを追うのも許さん」

秋津は畳みかける。

「権八郎たちは、下っ引きじゃねえんだぞ。昔はともかく、今は足を洗って、堅気として暮らしている。少なくとも、表向きはな。魚河岸の連中に至っては、喧嘩っ早くて困ったもんだと言っても、将軍さまのお膝元で商いをする町人だ。おまえの身勝手に巻き込んでいい相手じゃねえ」

秋津は大きく息をついた。

「おまえもな、怜治、もう火盗改じゃねえだろう。ただの町人になったんだろう。懸念を見つけたからって、いちいち出しゃばってくるんじゃねえよ」

邪魔なだけだ、と秋津は吐き捨てた。

「悪人を追うのは、おれたち火盗改の役目だ」

秋津は左側に置いてあった刀をつかんで立ち上がる。

「気になることがあったら、おれに言え。これ以上、疫病神でいたくなけりゃ、もう二度と世の中の騒動に近寄るんじゃねえぞ。いいな？」

怜治の返事を待たずに、秋津は帰っていった。

朝日屋に沈黙が満ちる。

しばらくして、慎介が茶を淹れ始めた。急須や湯呑茶碗を置く小さな物音だけが響く。

入れ込み座敷で車座になり、茶を飲むと、怜治は脱力したようにだらんと宙を仰いだ。

「大丈夫ですか？」

慎介の問いに、怜治はうなずく。

「まったく、ざまあねえよなぁ」

慎介は気遣わしげな表情で、怜治の顔を覗き込んだ。

「以前、兵衛《ひょうえ》さんに聞いたんですが……怜治さんが武士の身分を捨てたのは、安田さま

という ご同輩を殺された、その責めを負ったためだと……」

怜治は過去を振り返るように首をかしげた。

「いや、そんなたいそうなもんじゃねえ。……やっぱり、逃げたくなったの一語につきるんだろうなぁ」

怜治は悲しげな目を床に落とした。

「さっき秋津さんが言った通り、おれのせいで、安田小源太《こげんた》という同輩が死んでな」

怜治の使っていた岡っ引きが、盗人宿を突き止めたのだという。

「だが、盗人たちはすでに江戸を引き払ったあとだったのさ」

一味の一人が大怪我を負い、傷が癒えるまで近くに隠れているらしいという話を耳にした怜治は、盗人宿の近辺を隈なく探し回った。

「傷が治ったら、そいつは絶対に仲間のあとを追うと踏んだんだ」

つまり、仲間の逃亡先を知っている――隠れている男に仲間の居場所を吐かせれば、盗人どもを一網打尽にできる、と怜治は考えた。安田も同意して、ともに男の潜伏先を探索した。

そんな中、夕凪亭の騒動が起こる。

ちはるの父、千太郎に助けを求められた怜治は、夕凪亭を調べている火盗改たちを止めようとした。

ねえんだ――。

――千太郎は、後ろ暗い商売なんかしちゃいねえ。怪しい食材を仕入れるような者じゃけれど誰一人として聞く耳を持とうとしない。

――お頭は、おまえに別の探索を命じたはずだろう。こっちには口出しするな――。

――夕凪亭で乱暴な真似はやめろ――。

――わかった、わかった。万事おれたちに任せておけ――。

下っ引きに確かめさせると、夕凪亭での荒々しい追い込みは止まらず、千太郎も、妻のおうめも、どんどん憔悴しているという。

怜治は急きょ夕凪亭へ向かった。ほんの一時なら探索から抜けてもよいと、安田が言ってくれたのだ。

――大丈夫さ。追っているのは、深手を負った男が一人だ。もし、このあとすぐに見つけられたとしても、危険はないはず。それより、おれ一人の手柄になっても、文句を言うなよ――。

そう言って、笑いながら別れたのが最後だった。

火盗改がひと暴れしたあとの夕凪亭で、千太郎とおうめに詫び、きっと何とかするから待っていてくれと言って怜治が探索に戻った時――安田は殺されていた。

深手を負った男が一人、身動きできずに横たわっていると思われた場所には、盗人どもが待ち構えていたらしい。

「怪しいやつらが出入りしているという下っ引きの報せを聞いて、詩門が駆けつけた時には、もう遅かった」

盗人どもは逃げ失せて、あとに残っていたのは、血みどろになった安田の骸《むくろ》だけだったという。

「怪我を負った男など、いなかったんだ」

岡っ引きがつかんできた話は偽物だったと判断せざるを得なかった。

探索を抜け出して夕凪亭へ向かった怜治は糾弾され、火盗改長官よりしばしの謹慎を命じられた。

「おれが家ん中に閉じこもっている間に、夕凪亭は乗っ取られちまった」

怜治を絶対に家から出すなという長官の命令で、ご丁寧に見張りがつけられていたという。

「配下の咎が自分にまでおよぶのを避けたかったんだろうぜ。詩門にも、今はおとなしくしていろと散々説教されてなあ」

おのれの無力に打ちのめされた怜治は、何もかもが嫌になってしまった。

安田の死に顔が、まぶたの裏にこびりついて離れない。

夕凪亭を出た怜治が安田のもとへ駆けつけた時、腹を割かれた安田の体はすでに冷たくなっていた。

──あの人、魚を調理できねえんだ──。

ちはるの頭に、慎介の言葉が浮かんだ。

夕凪亭で働き始めて、まだ日が浅かった頃の話だ。怜治が調理場で下ごしらえを手伝ったことがあった。

手先は器用で、青物の下ごしらえは問題ない。魚料理はぺろりと食べて、釣りも楽しむ怜治だが、魚を下ろすことはできないのだという。

──皿に載った魚は料理で、まな板に載った魚は生き物なんだとよ──。

あの時は、慎介の言葉の意味に首をかしげるだけで、なぜ怜治が魚を下ろせないのか深く考えずにいたが……。

きっと、魚の身に包丁を入れようとすると、安田の亡骸《なきがら》を思い出してしまうのだろう。

まるで「そうだ」と返事をするように、怜治がちはるを見た。

「何の力にもなれなくて、すまなかったな」

色濃く悔いをにじませている目を見つめ返して、ちはるは口を開いた。

「怜治さん……おとっつぁんとの約束って、いったい何ですか。おとっつぁんと怜治さんは、いつ、どこで知り合ったんですか」

怜治は切なく目を細めた。

「夕凪亭さ」

あれは春——桜鯛の季節だった、と怜治は語り始めた。

その頃、怜治はまだ火盗改ではなかった。城門や、将軍が外出する際の警固などを務める、御先手《おさきて》同心《どうしん》の跡取りとして、剣術の稽古に日々励んでいたのである。

火盗改は、御先手組の中から選ばれた者たちが加役として兼務する役目だった。

「与力の倅《せがれ》で、いけ好かねえやつがいてよぉ。剣術も酒も弱いくせに、居酒屋で町人を相手に威張り散らしていやがったんだ」

お運びの女に絡んでいるところを、たまたま通りかかった怜治が見咎めた。

——同心の子のくせに、生意気な——。

つかみかかってきた手を、怜治はあっさり払いのけた。

——みっともねえ真似してるんじゃねえよ。御家の名に傷がつくぜ——。

よろけて尻餅をついた与力の倅は、町人たちの前で恥をかかされたと激高した。

「面倒くせえことに、そいつとは同じ剣道場に通っていたからよぉ」

稽古が終わった帰り道、同じ家格の者たちを引き連れて待ち伏せし、怜治を袋叩きにしようとしたのだという。

「だが、みんな鈍くせえやつばかりでよぉ。つい、一人残らず叩きのめしちまったんだ」

いくら相手が弱くても、六対一で長引かせては不利になる。

「へばる前にやっちまわねえと、と思ってな」

だが少々やり過ぎだ、と後日、騒ぎを聞きつけた剣道場の師範から叱られた。もっと上手い処し方を覚えろ、と。

「何でおれが怒られなきゃならねえんだって、ふてくさってよぉ」

憂さ晴らしに飲み歩いた怜治は、本所松井町一丁目の夕凪亭に辿り着いた。

「暖簾をしまう寸前の店内に滑り込んで、何か食わせろってわめいたんだ。ほとんど空きっ腹に飲んでいたから、酒の回りが早くてな」

荒れた様子の怜治に、千太郎は茶漬けを出した。何の具も載っていなかった。

酔っ払った二本差しに呆れ、粗末な湯漬けしか出さぬのか、と怜治は思ったが――。

一口食べて、驚いた。それは湯漬けではなかった。

「桜鯛の芳醇な香りが漂う、黄金色の汁を吸った飯は、とんでもなく美味かった」

ちはるの頭に、父の笑顔が浮かぶ。

父はよく、桜鯛のあら汁で作った茶漬けを絶品だと言いながら食べていた。

「あれは、うちの賄飯で……」

怜治がうなずく。

「魚の命を吸った飯だ、贅沢な茶漬けだ、と千太郎は言っていた」

ちはるの口の中に、じゅわりと唾が湧いた。父の潮汁の味が、遠い記憶の向こうからよみがえってくる。

「人ってえのはよぉ、夢中になって美味い物を食べていると、いろんなことがどうでもよくなってくるんだよなあ」

だから食は大事なのだと、父はちはるに語っていた。

「それからたまに、おれは夕凪亭に顔を出すようになってな」

ちはるは首をかしげた。

「あたし、全然知りませんでした」

「まだ小さかったからな。おれが行く時はいつも、おまえは二階で寝ていたはずだ」

何度か夕凪亭へ足を運ぶうち、怜治は料理を食べながら、千太郎に愚痴などをこぼすようになった。千太郎は黙って聞いてくれ、時に年長者としての意見もくれた。

「身分なんて関係ねえ千太郎との話が、おれには心地よくてなあ」

やがて御先手組の仕事に就くようになり、さらに火盗改となった怜治は忙しくなって、夕凪亭へ顔を出せなくなった。

「時が過ぎるのは、本当に、あっという間さ。何年かぶりに会った千太郎は、ひどく老けてた」

夕凪亭に悪評が立てられ、火盗改たちが押しかけてくるようになって困り果てた千太郎は、怜治のもとを訪ねて相談したのだという。

「おれを忘れずに、頼ってくれて、嬉しかったぜ」

だが当時の怜治は、盗人たちの探索に追われており、夕凪亭にかかりきりになれる状態ではなかった。

――必ず何とかするから、少しだけ待っててくんな――。

怜治を信じると言って、千太郎は帰っていった。

「火盗改は確かに厳しい詮議をするが、千太郎のような真面目な町人にまで無体を働くはずがねえと――ちゃんと調べれば、千太郎の無実なんて簡単にわかると――そう思っていたんだ」

仲間を信じる気持ちもあった、と怜治は続けた。

「まさか、あんなことになるだなんて、夢にも思わなかった……」

怜治はぎゅっと目をつぶる。過ぎ去りし日々を、まぶたの内側に閉じ込めるかのように。

ちはるは涙をこらえた。

つらかった日々も、這い上がるために必要だったと思え、と一平は矢太郎に言われたという。

だが、自分たちはどうだ。

両親の死を、ちはるは「必要だった」なんて、とうてい思えない。思えるはずがない。

怜治にしたって、同輩の死が「必要だった」わけがない。

一平の話と自分たちを、何でもかんでも一緒くたに結びつけることはできないとわかっているつもりだ。

だが――。

過去がなければ今もないとは百も承知だが、あの過去はいらなかったと、やはり思ってしまう。

「千太郎の茶漬けが、また食いてえなぁ」

しみじみと呟く怜治の声が、ちはるの胸に響いた。

瞬きで涙を飛ばして、ちはるは怜治を見つめる。

「あたしが作ってあげますよ」

怜治がちはるを見た。

ちはるはうなずく。

「桜鯛のあら汁で作ったお茶漬け、今度あたしが作ってあげます。おとっつぁんの代わりに」

怜治は目を細めた。

「おまえに作れんのか？　この間の潮汁は、まぐれ当たりの味だった、なんてことにはならねえだろうな」

「当たり前でしょう」

ちはるは胸を張った。

「あたしは夕凪亭の娘なんだから」

怜治はわずかに微笑んだ。

「そうだな」

深夜の静寂に、初夏のにおいが漂う。

時は確実に流れ、まだ見ぬ明日へ向かって、ちはるたちを運ぼうとしていた。

第三話　天職

表の掛行燈に火を灯すため、綾人が外へ出た。

客を迎えるため、入れ込み座敷に不備がないか見回っていた仲居たち三人が上がり口へ向かう。

「あっ」

おふさが突然すっ転んだ。何もないところでつまずいたのか、すてんと尻餅をついている。

「あ痛た……」

「大丈夫ですか⁉」

おしのが駆け寄り、手を差し伸べた。

「え、ええ、すみません」

おふさがおしのの手につかまると同時に、がらりと大きく表戸が開く。

「ああ、腹減ったなあ」

「早く一杯やりながら、美味い物を食いてえぜ」

おふさは素早く立ち上がり、ささっと裾の乱れを直した。

「いらっしゃいませ、どうぞこちらへ」

おふさは何事もなかったような声を上げ、にこやかに、次々と食事処へ入ってくる客たちを席へ案内している。

ちはるは調理場で眉をひそめた。

この間から、やはり、おかしい……。

調理台の脇に立っている慎介も、おふさに思案顔を向けている。

「ほしたら、下ろしますよ」

一平の声に、慎介が調理台に向き直った。もう料理のことしか考えていないような表情をしている。

ちはるも気を引きしめて、一平の手元を覗き込んだ。今は、おふさを気にかけている場合ではない。

まな板の上には、食事処を開ける直前に魚河岸から届けられた鰹が載っている。

「まず、鱗を取るんだ」

慎介が鰹を指差した。胸びれから背中にかけてついている鱗を指し示す。

「鰹の鱗は堅くて、まともに刃が通らねえから、身から削り取るようにする」

慎介の説明にうなずきながら、ちはるは一平の手元を凝視した。

一平が包丁を寝かせて前後に動かし、鱗をそぎ取っていく。鱗を取り終えたら、頭を落とし、腸を出す。

「鰹の鱗は堅えが、身はやわらけえ。できるだけ鰹を動かさねえように、丁寧に下ろしていかなきゃならねえ。強引に包丁を入れると、身が崩れちまうからな」

慎介の言葉通り、一平はほとんど鰹の身を動かしていない。素早く、だが慎重に、すっすと包丁だけを動かしているように見えた。

用意しておいた水で鰹の身を洗うと、節に下ろして、皮を引いた。少し厚めに身を切り分けていく。

刺身を引く一平の手際は素晴らしかった。いっさいの躊躇なく、一気に包丁を引き切る姿は、まるで剣舞でも見ているかのようだ。

艶々とした美しい赤い身は、まるで海の宝玉。切り口から漂ってくるのは、いかにも新鮮で滋味深い潮の香り。

慎介が感心したように唸った。

「さすが矢太郎の弟子だ。見事な切り口だぜ」

一平は嬉しそうな笑みを浮かべながら、次々と刺身を引いていく。

もっと見ていたい気持ちを抑えて、ちはるは調理台の前を離れた。

大鍋の中から鰹のすり流し汁をよそい、膳の上に並べていく。味噌の甘じょっぱさと鰹の風味が混ざり合い、濃厚な旨みを放っているにおいが、ちはるの鼻に絡みついた。

本日の夕膳は、鰹の刺身、根三つ葉のお浸し、厚揚げの胡桃《くるみ》味噌焼き。大根と椎茸の煮物、白飯、鰹のすり流し汁——食後の菓子は蓬餅だ。

客の注文を受けた仲居たち三人が調理場に入ってくる。

「お運びいたします」

「お願いします」

入れ込み座敷に膳が運ばれていくと、客たちが「わっ」と歓声を上げた。

「鰹の刺身だ！　おれにとっちゃ初物だぜぃ」

「おれもさ。自分で買いてえと思っても、まだまだ高くて手が出せねえからなあ」

初鰹を食わなきゃ夏が始まらねえ、と嬉しそうに言いながら、客たちは刺身に箸を伸ばした。

「うめえっ。やっぱり鰹には辛子が合うぜぃ」

「今さっき、そこで板前が切っていたやつだろう？　切り立てほやほやなんだよなあ？」

客に問われたおしのが微笑みながらうなずいた。

「獲れ立てほやほやの鰹を、食事処を開ける直前に魚河岸から届けてもらいましたので、とても新鮮なお刺身ですよ」

おしのの説明に、客は相好《そうごう》を崩す。

「そりゃ、うめえはずだよなあ。魚河岸は、こっから目と鼻の先だもんなあ」

「はい。ほんの五町（約五五〇メートル）ほどでしょうか」

おしのの堂々とした受け答えに、ちはるは調理場で目を細めた。

「わたしなんか」と自信なげにうつむいていた、あの頃のおしのはもういない。

入れ込み座敷の様子に目を配りながら、ちはるは調理場を動き回った。

やはり今日は「初鰹」という声が多く聞こえる。

卯月《うづき》（四月）に入って間もなくの鰹は、朝日屋にとっても高い買い物であったが、藤次郎のおかげで何とか仕入れることができた。

——近所のよしみだ、まけてやらぁ。朝日屋には、こっちも世話になっているしよ——。

ちょうど刺身を引く頃合いに、活きのいい立派な鰹を届けてやる、と言って藤次郎は笑った。

ちはるは胸の内で改めて藤次郎に礼を述べる。

——いいってことよ。その代わり、美味い魚を客に食わせて、この魚河岸の名を——ひいては日本橋の名を、ますます揚げてくんな。約束だぜ——。

藤次郎との約束を違《たが》えてはならぬと、ちはるは強く思った。

朝日屋は旅籠だ。食事処へやってくる近隣の客たちはもちろんだが、遠方からやってきた泊まり客たちにも、ここで食べた料理をずっと覚えていてもらいたい。

江戸はよかった、中でも、朝日屋で食べた鰹の刺身は格別だったぜ——なんて言いながら、初鰹に沸く日本橋の風景を国元の家族たちに語ってもらえたら嬉しい。

「おうっ、このすり流しもうめえなぁ。この時期の鰹は、刺身で味わうだけでじゅうぶん贅沢なのに、汁にまで入っているだなんて豪勢じゃねえか」

「口に含んだとたん、鰹の味がぐわっと体中に広がっていくようだ」

「三つ葉も、しゃっきりとして美味いよ。うちのかかあにお浸しを作らせると、何でだか、ぐにょっとしちまうんだ。やっぱり料理人の作る物は違うねえ」

「あっという間に食い終わっちまったよ。お代わりしてえなあ」

入れ込み座敷から聞こえてくる客たちの声に、ちはるは頬をゆるませた。

美味しいと喜んでもらい、出した物をすべて食べてもらえることは、料理人にとって何よりの褒美である。

何年経っても、思い出すだけで口の中に唾が湧くような料理を作れるようになりたいと思いながら、ちはるは調理場で手を動かし続けた。

「ありがとうございました、またどうぞお越しくださいませ」

「いらっしゃいませ、こちらのお席へどうぞ」

食べ終えた客が帰っていき、新しい客が入ってくる。下足番の綾人も、仲居の三人も、みな忙しく動き回っている。

「おい、姉さん、おれの膳はまだか⁉　そいつより先に、あんたに注文したよなあ」

「申し訳ございません。ただ今すぐにお持ちいたしますので」

おふさの慌て声が耳に入ってきた。おふさが順番を間違えるとは珍しい……。

食事処を開ける直前、派手にすっ転んでいたおふさの姿がちらりと頭によみがえったが、ちはるは自分の仕事に没頭すべく、手元に気を集めた。


大盛況のうちに食事処を終えると、朝日屋一同は入れ込み座敷で車座になった。ちはると一平が賄を運んでいく。

今夜の賄は、鰹の刺身と煮物の残り、それに湯漬けである。

鰹の刺身を見た怜治が目を輝かせた。

「おっ、おれたちの分もあるのか！　藤次郎のやつ、ずいぶんとまけてくれやがったんだなぁ」

慎介がうなずく。

「本当に、ありがてえことですよ。走りを過ぎて、売れ残るようなことになったら全部買い取ってくれ、だなんて言ってましたがね。江戸中が初鰹で沸き立つ中、魚河岸のすぐそばにある朝日屋で鰹を出せねえだなんて、あんまりだと思ってくれているんでさ」

慎介は「それに」と、微笑とも苦笑ともつかぬ笑みを浮かべる。

「利々蔵さんの件に、たいそうな恩義を感じているんでしょうねえ」

怜治は鰹の刺身をひと切れ箸でつかんだ。

「まったく義理堅えこった」

辛子をつけた鰹の刺身をじっくり嚙みしめ、怜治は目を細める。

「うめえなぁ」

藤次郎の心意気まで、とくと味わっているような表情だ。

ちはるも慎介の隣に座って、鰹の刺身を味わう。

もっちりとした歯ごたえ、舌の上で踊る濃厚な――けれど一陣の夏風を思い起こさせるような、爽やかな味わいである。

ちはるはにっこりと笑みを浮かべながら、賄を食べ進めた。

「ところでよ」

みなが食べ終わった頃、怜治が何気ない顔でおふさを見た。

「おまえ、この頃どうした」

みなの視線がおふさに集まる。

「どうって……」

食後の茶を飲んでいたおふさは湯吞茶碗を握りしめて、さっと目を伏せた。

「らしくねえじゃねえか」

おふさは黙ったまま、とぼけるように首をかしげる。

「今日は客を出迎えようとして、すってんころり。そのあとも、客に持っていく膳の順番を間違えていたよなあ。昨日は、客に声をかけられても気づかなかった。それから――」

指折り数える怜治の言葉に、ちはるは驚いた。調理場からは見えなかったおふさの様子を、つぶさに観察していたのか。

「おまえのことはたまおに任せていたんだが、そろそろ、おれも黙っていられねえと思ってよ」

たまおが申し訳なさそうに頭を下げる。

「わたしが至らないばかりに……」

怜治はゆるりと首を横に振った。

「仲居頭の指導がどうのこうのって話じゃねえよなあ、おふさ」

「はい」

おふさは湯呑茶碗を置いて、居住まいを正した。

「すべて、わたし自身のせいです」

怜治は苦笑する。

「そんなに身構えることたぁねえだろう」

と言いながら、怜治は鋭く目を細めた。

「おまえがうちに来てから、三箇月が過ぎ――もうすぐ丸四箇月になるよなぁ。どうだ、そろそろ疲れが出てきているんじゃねえのか」

おふさは膝の上で両手を握り合わせる。

「疲れなんて……」

おふさが口ごもる。

怜治は黙って、じっとおふさを見ていた。みなも静かに見守る。

一同の視線に気圧されたかのように、おふさはもじもじと指を動かした。

「わたし……このまま仲居の仕事を続けていいものだろうかと迷っているんです。はたして、わたしは仲居に向いているんだろうか、と悩んでいて」

おふさの言葉に、ちはるは目を見開いた。

向いているかどうかだって？　朝日屋に入ってきた当初から、難なく客あしらいをしていたくせに。

「おふささんが向いていないんなら、わたし――いえ、他の誰だって、向いていないってことになってしまいますよ！」

おしのが叫んだ。

「この頃ちょっと間違いが多いからといって、そんなに悲観することはないんじゃありませんか⁉」

おしのの出した大声に、ちはるは驚いた。他のみなも呆気に取られたような表情で、おしのを見つめる。

おしのはおふさに向かって身を乗り出した。

「わたしは、いつか、おふささんみたいな仲居になりたいと思って頑張ってきたんですよ」

戸惑い顔になったおふさに、おしのは微笑みかけた。

「わたしが孫兵衛さんに『わたしなんか』という口癖をやめなさいと諭されたのを、覚えていますか？」

おふさはうなずいた。

ちはるもよく覚えている。気弱で、自分に自信が持てなかったおしのは、客あしらいが上手くできなかった。おふさとはまた別の意味で、自分には仲居の仕事が向いていないと思い悩んでいたのである。

「わたしは、弱い自分を変えたかった。人と比べることはないと言われても、どうしても、たまおさんやおふささんと自分を比べてしまって、ひどく落ち込んでいたんです」

二人と同じようにする必要はない、おしのなりに客と向かい合っていけばいいんだ、と怜治にも励まされていた。

「頑張っている自分もちゃんと認めて、下を向かないで、お客さんのほうをしっかり見る

――孫兵衛さんに言われたこと、頭ではわかっているつもりだったんです。でも、心と体に深く染みついた癖は、なかなかすぐには直せませんでした」

気を抜くと、うつむいて、口に出さずとも心の中で「わたしなんか」と呟いてしまっていたのだという。

ちはるの目には、おしのは孫兵衛に諭されてからわりとすぐ前向きに変わったように見えたが、おしの本人の中では強い葛藤があったのか。

「そんなある日、おふささんが配膳の順番を間違えたところを見ました」

おふさは決まりが悪そうに、もぞりと体を動かした。

「今日もそうですけど、おふささんはにっこり笑って『申し訳ございません』って言ったんです。そのあとは普通に料理の説明をしていました。お客さんも、何とも思っていない様子で……」

おしのは懐かしむように目を細めた。

「それまで、わたし、おふささんは失敗なんてしないと思い込んでいたんです。わたしと同じように、朝日屋に来てまだ日が浅いのに、完璧に仕事をこなす人なんだと思っていました」

「そんなことありませんよ！」

おふさが声を大にする。

「何の失敗もしない人なんて、この世にいないでしょう」

おしのは微笑んで、大きくうなずいた。

「そんな当たり前のことにも、わたしは気づかなかったんですよ。目の前の仕事にいっぱいいっぱいで、余裕をなくして。まるで自分だけが何度も同じ間違いを犯しているような気になっていました」

だが、配膳を間違えたおふさの姿を見て、おしのは思い直したのだという。

「失敗しても、挽回《ばんかい》すればいいんですよね」

自分を卑下《ひげ》することなく、謝罪すべき点はすぐに詫びて、やり直す。

「絶対に失敗しちゃいけないんだと強く思い込んでいましたけど、失敗してもそこで終わりじゃないんだって思ったら、ずいぶん気が楽になりました」

いつまで経っても追いつけないと思っていたおふさの背中が急に近く感じて、親しみを覚えた、とおしのは笑みを深めた。

「それから、孫兵衛さんや怜治さんに言われたことを、何度も胸の内でくり返しました」

おしのは天井を仰ぐ。

「わたしなんか――と思って下を向きそうになったら、上を見て。大丈夫、大丈夫って、呪文みたいに唱えました」

おしのはおふさに目を戻した。

「おふささんは絶対、仲居としてやっていけますよ」

そう断言したおしのは、とても強くなったと、ちはるは感じた。

葛藤を乗り越え、自分が望む方向へ、大きな一歩を踏み出したのだ。そして、また一歩、さらに一歩と、進み続けている。

「怜治さんの言うように、きっと疲れが出てきているんだと思います。おふささんは橘《たちばな》屋《や》さんのお嬢さんだもの、朝日屋へ来るまで働いたことがなかったんでしょう?」

おしのの言葉に、おふさは自嘲めいた笑みを浮かべた。

「ええ……だけど、そのせいか、自分の天職なんてものを、今さらながらに深く考え込んでしまっているんですよ」

おしのは小首をかしげた。

「天職……?」

それは仲居ではないのか、と言いたげな表情だ。

おふさはうなずく。

「おしのさんは、どこからどこまで聞いているのか知りませんが、わたしが朝日屋で働き始めたのは、品行の悪さを直すためだったんです」

おふさは淡々と、おしのに向かって語った。

一時期、悪い仲間と遊び歩いていたおふさは、酒を飲んで帰る夜も数多くあった。両親に叱られても態度を改めず、家族を心配させていたのだ。

そこで、おふさの祖父である彦兵衛《ひこべえ》が動いた。たまたま訪れた朝日屋を気に入った彦兵衛は、ここで働けば、おふさも自分を取り戻せるのではないかと考えたのだ。

元火盗改の怜治がいる朝日屋には、悪い仲間も近寄りづらいだろう、という算段もあったようだ。

「朝日屋で働かないのなら、尼寺《あまでら》へぶち込むと親にも言われて、仕方なく仲居になりました」

そうだった、おふさは無理やり朝日屋に連れてこられたんだったと、ちはるはしみじみ思い返す。

「行儀《ぎょうぎ》作法なんかは、小さい頃から実家で厳しく仕込まれていたので、仲居の仕事も苦にはなりませんでした。多少の失敗はあるものの、我ながら、しっかりこなせているんじゃないかと思います」

おふさは「でも」と目を伏せた。

「このままで、いいんでしょうか」

たまおが気遣わしげな表情で、おふさの顔を覗き込む。

「この間わたしが言ったことを気にしているのなら――」

「違います」

おふさがたまおをさえぎった。

「わたしが本気で仲居をやりたいと思っていたら、ちょっとやそっと叱られたくらいで、くじけたりはしません」

怜治が顎を撫でさすりながら、たまおを見やる。

「叱ったのか？」

たまおはぎこちない笑みを浮かべてうなずいた。

「怜さまには言っていなかったんですけど……」

「わたしが悪いんですよ」

おふさは開き直ったような顔で、怜治を見た。

「親の仇の話を聞いたのに、どうして平気で仕事ができるのかって、ちはるに聞いたんです」

怜治はぎょっとしたように目を見開く。

「おい、そりゃあ……」

「たまおさんに叱られました。ちはるが懸命に歯を食い縛って頑張っているのが、どうしてわからないのか、って」

怜治はため息をついた。

「まあ、そうなるよな。けど、いったい何で、そんな質問が口から飛び出しちまったんだ？」

おふさは悔しそうに唇を引き結ぶ。

「ちはるにとって、料理は天職なのかなって思って……」

もどかしそうに身をよじりながら、おふさは続ける。

「だって、ちはるは、何があっても一心不乱に料理をしているじゃありませんか。脇目も振らず、仕事に邁進《まいしん》していますよね」

ちはるの体がむずむずした。まさか、今ここで、おふさの口から自分に対する褒め言葉が飛び出すとは思わなかった。

おふさは苦しげに顔をゆがめる。

「わたしには無理です。きっと、できません」

怜治が困ったように眉をひそめた。

「だから自分は仲居に向かねえと思ったのか？」

おふさは小さくうなずいた。

「おまえは仲居の仕事が嫌いか」

「嫌いじゃありませんよ」

おふさは即答する。

「だけど、ちはるが料理を好きなほど、わたしは仲居の仕事にのめり込めるかどうかわかりません」

のめり込めないのが悔しいと言いたげな表情で、おふさは拳を握り固めた。

「みんながみんな、やりたい仕事に就いているわけじゃないって、わかっているつもりです。橘屋の奉公人たちだって、最初から唐物《からもの》が好きでうちに勤めているんじゃない。親や親戚に命じられるまま、奉公に上がったんです」

彼らにとって、あくまでも自分は「恵まれたお嬢さん」だった、とおふさは吐き出すように言った。

「小さい頃から、上等な着物を着て。読み書きはもちろん、箏《こと》なんかの習い事もして。贅沢な物を食べて――」

いずれ良家へ嫁ぐと思われていたのだという。

「うちのおっかさんは、いつも、みんなの前で言っていましたからね」

――良縁に恵まれるため、女としてのたしなみを、しっかり身につけておかねばなりませんよ。婚家で居場所を築き上げ、可愛がられることが、女の幸せ。そうして実家との縁を、しかと取り持っておくれ――。

「おとっつぁんとおっかさんは、同業の家との縁談を望んでいるようでした」

二人の話を偶然立ち聞きしてしまったことがあるのだという。

「実家は兄の吉之助《きちのすけ》が継ぐので、わたしは橘屋のためになる家へ嫁いでくれれば、それでいいと――」

武家でなくとも、おふさのように裕福な家に生まれた身であれば、家同士の結びつきを強めるため縁づけられることは珍しくない。

「何度も『良縁のため』と言われると、わたしは嫁ぐ以外、何の役にも立たないのかという気持ちになりました」

兄は店に出て、生き生きと働いているように見える。両親の期待に応え、世間の評判もいいらしい。奉公人たちからも慕われているようだ。

奉公人たちだって、雇われの身とはいえ、楽しそうに見える。いつか暖簾分けしてもらえる日を夢見て、懸命に唐物の知識を深めている者もいると聞いた。

「じゃあ、わたしは何なんだろうと思いました」

将来婚家で可愛がられるためだけに生きているのか――そんな疑念が湧いたおふさは、あせりを抱いたという。

親に言われるまま習い事を続けていいのだろうか。生き方を早急に変えなければならぬのではないだろうか。

だが、何を、どうやって変えればよいのかわからない。このままじゃいけない、早く、早く、と気が急くだけで、毎日が過ぎていく。

誰かに相談してみようかと思ったが、同じ習い事に通っていた友人たちは幸せそうな顔をして、のほほんと縁談話に花を咲かせていた。

自分だけが周りから浮いて、心が上滑りしていくような気がしたという。

「そんな時でした。町で偶然、おきねちゃんに会ったのは」

かつての悪い遊び仲間の一人だ。おきねという娘は、おふさの幼馴染みだったと、ちはるは記憶している。確か、橘屋の近所に住んでいたのだったが、おきねの親が店を畳んで、引っ越したのだ。

「何年かぶりに会って、思い出話に花が咲きました。立ち話も何だからっていうんで、茶屋へ場所を移して」

互いの近況を語り合い、おふさが現状への不満や不安を吐き出した時、おきねは言ったのだという。

──わかるよ、おふさちゃんの気持ち。あたしも、今のままじゃいけないって思っているんだ──。

おきねの家は煙管《きせる》問屋だったが、商売が上手くいかずに店を畳んだ。父親が相当な偏屈者で、よく取引先と揉め事を起こし、先代までが地道に築き上げてきた店の信用を失ってしまったのだと、おふさは聞いていた。

──店をやりくりするために、おとっつぁんが借金をこさえちゃってね。おっかさんが働きに出たんだけど、家計は火の車で。夜逃げ同然に引っ越すしかなかったんだ──。

おきねは貧乏長屋へ移り住んだと言ったが、場所は教えなかった。落ちぶれた住まいを昔馴染みに知られたくないのかと思い、おふさもあえて深く追及しなかったのだという。

「おきねちゃんは、いつか貧乏長屋から抜け出したいと言っていました」

――もうずいぶんと身分が違っちゃったけど、元気でね――。

寂しそうに帰ろうとするおきねを、おふさは思わず引き留めた。

――身分だなんて、何を言ってるの。わたしたち、同じ町人じゃないの――。

おきねは悲しげな顔で首を横に振った。

――あんたは相変わらず橘屋のお嬢さんだけど、今のあたしは洗濯女だよ――。

おきねは洗濯屋から仕事をもらっていた。洗濯屋は、女手のない寺院や中間部屋などを回り、衣類の洗濯や仕立て直しを請け負っているのである。

「おきねちゃんの家が立ちゆかなくなったのは、おきねちゃんのせいじゃない。それに、相手が貧乏になったら簡単に切り捨てる者だと思われたくない……そんな気持ちが働きました」

だから、おふさは言ったのだ。

――おきねちゃん、また会おうよ――。

せっかくの再会を一度きりで終わらせるなんてもったいない、また昔みたいに遊ぼう、と。

習い事の友人たちとは話が合わないという虚しさもあった。状況は違えど、おふさの気持ちを「わかる」と言ってくれたおきねと一緒にいれば、何だか救われるような気がしたのだ、とおふさは語った。

「けっきょく、おきねちゃんは、わたしのことを騙しやすい馬鹿だとしか思っていませんでしたけど……」

おふさが朝日屋で働き始めた頃、遊び仲間だった男たちに乱暴されそうになったことがある。怜治が助けて事なきを得たが、おふさが無理やり連れ込み宿へ引っ張られた時、おきねは笑って見ていたという。

「怜治さんに叱られて、やっとわかったんです。おきねちゃんは、家のために嫁ぐなんて嫌だとこぼしていたわたしに腹が立って、憎くて仕方なかったんでしょうね」

自分が失ったものをすべて持っているのに嘆くだなんて――そんな思いで、おきねは嫉妬の炎に包まれてしまったのだろうか。

ちはるも、親兄弟がそろっているおふさをうらやましいと思っていたが、おきねの仕打ちを許す気には到底なれない。

怜治の話によると、おきねたちは、おふさを傷物にしたあげく橘屋から口止めの金を脅し取るつもりだったようだ。

「朝日屋で働くうちに、おきねちゃんへの複雑な気持ちは吹っ切れました。自分は馬鹿だったと思います。でも——」

このままでいいのだろうかという疑念は、おふさの中から完全には消え去らなかった。

「人よりちょっと器用にこなせれば、その仕事が向いていると言えるんでしょうか。ちはるのように、馬鹿みたいに夢中になれる仕事に就いたほうが、幸せなんじゃないでしょうか」

心底からつらそうなおふさの表情に、ちはるは戸惑った。自分の名前と「馬鹿」という言葉が立て続けに耳に入ってきた時には一瞬顔をしかめたが、おふさがここまで思い悩んでいるとは……。

正直言って、ちはるには、おふさの気持ちがよくわからない。ちはるにとって「やりたい仕事」は、ずっと料理だったのだ。自分が何をやりたいのか、どんな仕事に就けばいいのか、迷ったり悩んだりしたことはなかった。

夕凪亭を乗っ取られ、貧乏長屋で職を探した時には「何でもやってやる」と決意したが、けっきょく朝日屋の台所で働けるようになった。

自分は恵まれているのだという思いが、ちはるの胸に大きく込み上げてくる。

「仲居の他に、やりたい仕事があるのか？　馬鹿みたいに夢中になれそうな、何かがよ」

怜治の言葉に、おふさは頭を振った。

「特に、これといったものはないんです」

「じゃあ、このまま仲居をやってりゃいいじゃねえか。仲居の道を究めろよ」

おふさは不満げに唇をすぼめた。

「わたしにできるんでしょうか」

怜治は眉をひそめる。

「何だよ、やけに弱気じゃねえか」

「だって、これ以上、何をどう頑張ったらいいのかわからないんですもの」

おふさはちらりと、たまおを見た。

「上には上があるでしょう」

「何だよ、たまおと自分を比べてんのか」

怜治は苦笑する。

「ったく――おしの次は、おまえかよ」

たまおが困ったように眉尻を下げる。

「わたしだって失敗をするわよ」

「わかってます。だけど、たまおさんを見て『いい仲居だ』と思っても、わたしはたまおさんになれないし。じゃあ、わたしが目指すべき仲居はどんな仲居かというと、まったく見えてこないんですよ」

だから、これ以上は成長できない、とおふさは嘆く。

怜治が、ふんと鼻を鳴らす。

「自分で自分の限度を決めるんじゃねえよ。……まあ、過信するのもまずいがな」

怜治は目を伏せた。

「先だって、秋津さんが来た時、おまえたち仲居三人はいなかったよな」

同輩が殺された話を、怜治はおふさに向かって語り出す。

しんと静まり返った入れ込み座敷に、怜治の声だけが響いた。

おふさは顔を強張らせながら、たまおとおしのは悲しげに顔をゆがめながら、じっと聞いている。

「おれは、勘ってやつをものすごく大事にしてたんだ。世の中には、あれこれ考えるより、感じたことのほうが正しいって場合もあるからな」

火盗改時代には、自分が引っかかった違和感にもとづいて調べたほうが、咎人を捕縛できた件数が多かったという。

「刃向かってくるやつらを相手に、考えてから動いちゃ、こっちが斬り殺されちまうしよ」

だが勘を過信することなく、入念な下調べは欠かさなかったつもりだ、と怜治は続けた。

「岡っ引きや下っ引きが集めてくる話だって、鵜呑みにしていたつもりはなかった。ちゃんと自分の目で確かめるようにしてたんだ」

──では、なぜ安田は死んだ──。

秋津の声が脳裏によみがえったかのように、怜治は顔をしかめた。

「なぜ安田が死ぬ羽目に陥ったのかは、いまだにわからねえ」

怜治は悔しそうに目をすがめる。

「わからねえまま謹慎となり、安田を殺したやつを捕らえることもできず、夕凪亭は潰れちまった。おれは自分の無力さを呪い、責めを負うだなんて恰好をつけて、武士の身分を捨てたんだ」

両親はすでに鬼籍に入っており、まだ妻帯もしていなかったため、引き留める者はいなかったという。

「身から出た錆《さび》だが、一時ひどく荒れた暮らしを送っていたから、周りのみんなに呆れられてな」

身軽になったのはいいが、仕事もせずに朝から晩までごろごろとして、暇を持てあました時には大川へ釣りにいく。

「釣り場で、兵衛に出会ったんだ。あいつは舅《しゅうと》の小言から逃げて、気晴らしに釣りでもしようと思ったんだとさ」

何度か同じ場所で顔を合わせるうちに、親しくなって、今に至る──と怜治は語った。

「兵衛のやつ、おれが火盗改だったと知ると、目の色を変えやがってよ。旅籠の主になれと言ってきやがったんだ」

慎介を救いたい、慎介に料理を続けて欲しい、と切望していた兵衛は、何が何でも怜治を主の座に据えてみせると言い張った。

――これまでの経緯を考えれば、慎介さんは絶対に主なんてやらないと言うに決まっているよ。わたしが恩返しをしたいと申し出るたびに、ずっと断り続けているんだから――。

朝日屋の家主（地主）である望月屋《もちづきや》に婿入《むこい》りするまで、兵衛は貧乏暮らしだったという。よく慎介に無料《ただ》で食べさせてもらっていたと、ちはるも聞いていた。

ちはるの隣では、慎介が昔を懐かしむような表情で小さくうなずいている。

「もし万が一、慎介がまたごろつきどもに絡まれるような事態になったら、元火盗改の意地を見せて追い払ってくれ、と兵衛はおれに言ったんだ。気楽な雇われ主でいいからってよぉ」

火盗改が嫌になって武士の身分を捨てたのに、火盗改だった頃の腕を活かせだなんていう話を受けられるか――そう言って、怜治は断った。

だが兵衛はあきらめず、怜治を口説き続けた。

――いつまで根無し草でいるつもりだい。稼ぎがなきゃ、食っていけないだろう。もう武士じゃないんなら、なおのこと、面子も何もかもかなぐり捨てて、旅籠の主として働いてみなよ――。

慎介とともに生き直せ、と兵衛は何度も説いた。

――いつまで腑抜《ふぬ》けているつもりだい、怜治さん。あんたが身分を捨てた経緯をちょっと調べさせてもらったけど、あんたが抜け殻のようになって、亡くなったお方は喜ぶのかねえ――。

怜治は言い返せなかったという。

「安田は、人を恨んだりするような男じゃなかった。火盗改の任に就いた時、おれに言ったんだ」

――いつ何が起こるかわからぬお務めだが、だからこそ、悔いのないよう精一杯、毎日を生きねばならぬな――。

安田と過ごした日々をまぶたの中にそっとしまい込むように、怜治は静かに目を閉じた。

「主なんて柄じゃねえんだと渋ったら、兵衛のやつ『それじゃ、主という名の用心棒だと思えばいい』なんて言いやがってよ」

怜治は目を開けて、おふさを見た。

「おれは朝日屋の主になって、心底よかったと思っているぜ。だが、旅籠の主としての才覚があるかどうかなんて、自分じゃよくわからねえ。おまえたちの助けがあるから、やっていられるんだ」

おふさは黙って、怜治を見つめ返している。

「おれは火盗改のお役目が自分に合っていると思っていたが、続けられなかった。そして旅籠の主になるなんて夢にも思わなかったが、朝日屋は居心地がいいと感じている」

おまえはどうだ、と怜治は問うた。

「仲居が向いていないと決めつけるのは、早計なんじゃねえのか」

おふさは考え込むように、うつむいた。

「だいたい、武家に生まれたら、向いているとか向いていないなんてことは言ってらんねえぜ。どんなに才能がなくたって、そのお役目をこなさなきゃならねえんだからよ」

怜治はじっと、おふさを見つめ続ける。

おふさは微動だにせず、床に目を落とし続けている。

「心と技は切り離せねえ。どんなに優れた剣術者だって、心が抜ければ負けちまう」

かつて剣道場に通っていた頃を思い出しているかのように、怜治は苦笑を浮かべた。

「火盗改に、柿崎詩門ってのがいるだろう」

突然変わった話に釣られたように、おふさは顔を上げた。

「あいつは剣の達人ってわけじゃねえが、盗人どもを追い詰めていく時の気迫がすげえ。もともと武官の家の出じゃねえから、相当苦労したはずなんだ」

おふさは「えっ」と声を上げる。

「でも、火盗改を務める御先手組の方々は武官で――」

「あいつは養子なのさ」

思いがけない話に、ちはるは怜治を見た。みなの視線も怜治に集まっている。

「おれも詳しくは知らねえが、詩門の生家は勘定方らしい」

年の離れた兄がいて、兄には男児が三人もいる。詩門を部屋住みにしておく必要がなくなったので、父親は伝手を頼って詩門の養子先を探したという。

「詩門も幼少の頃から剣術をたしなんでいたが、厳しく仕込まれたのは、柿崎家へ移り住んでからだと聞いた。養父の内記《ないき》どのは、根っからの武官でな。火盗改として何度も、凶悪な押し込み強盗たちを引っ捕らえている」

――常に先を読め。敵が動く前に動け。さもなくば殺されるぞ――。

「そう言って、詩門に厳しい稽古をつけたんだとよ」

――盗人どもに殺される前に、養父に殺されるかと思いましたよ――。

詩門は笑いながら、怜治に語っていた。

――ですが、こうして自分が火盗改になってみると、養父の稽古のおかげで生き延びることができているのだと痛感しています――。

「あいつは立派だよ。おれと違って、自分の境遇から逃げたりはしねえ」

なあ、おふさ、と怜治は呼びかけた。

「おまえは詩門のように、家に縛られる必要なんてねえだろう。親に厳しく躾《しつ》けられたといったって、おまえの両親は、ちゃんとおまえを大事に思っているぜ」

ちはるのまぶたの裏に、悪い仲間から助け出されたおふさが朝日屋に戻ってきた夜の光景がよみがえる。

娘を案じた橘屋の主夫婦は血相を変えて、ここへ飛び込んできた。おふさの兄も、祖父も、奉公人も、みな続けて駆け込んできた。

「わたしも、今ではわかっているつもりです。おとっつぁんも、おっかさんも、何だかんだ言って、わたしの将来を考えてくれていたんだって」

おふさが恥じ入るような声を出した。

「同業の家に嫁がせたいと思ったのも、わたしが馴染みやすいのではないかと考えたからのようで……それに、同業であれば、嫁がせたあとの暮らしぶりが何かと耳に入りやすいと踏んでいたようです」

婚家と実家の仲がよければ、里帰りなどがしやすくなるという思惑もあったらしい。

「何にせよ、きちんと躾けていれば将来わたしが困ることはないと、両親は話し合っていたんです」

怜治が同意する。

「自分たちの願望を満たすための道具として見ていたんなら、おまえを実家から出して、朝日屋に置き続けたりしねえだろうからなぁ」

怜治がおふさの顔を覗き込む。

「今のおまえなら、好きなように生きても、誰も反対しないはずだぜ。だから望む道を行け」

おふさは迷子のように半べそをかいた。

行き先がわからねば、進む方向だってわからない。踏み出す道が決められぬまま放り出されて、途方に暮れているような表情だ。

「ただし、朝日屋を辞めるなら、その前に一平さんの案内役を立派に務めな」

「えっ」

おふさと一平の声が重なり合った。

「案内役って……」

怜治は一平に目を移す。

「月華亭《げっかてい》って店に行きたいと言ってたよなぁ。綾人もよく知らねえってんで、兵衛に調べてもらってたんだがよ」

ちはるは思わず慎介を見た。

「慎介さんでも知らなかったんですか？」

「名前くらいは聞いてたけどよ」

慎介は決まり悪そうに後ろ頭をかいた。

「おれが料理人を辞めようと思って、ぐじぐじしてた時に、新しくできた店なんだ」

なるほど、利き腕の怪我を悲観していた頃であれは、慎介が詳しく知らぬのも無理はない。

「先日、深川へ行った時に、蘭丸姐さんから教えてもろたんです。姐さんのご贔屓《ひいき》筋の間で、ちょこっと前に、よう取り沙汰されていた料理屋があるって」

一平がみなに説明する。

「向島《むこうじま》の百花園《ひゃっかえん》の近くに、鯉なんかの川魚を出す店があるそうなんやけど、店の名前は知っとっても、みなさん行ったことがないというんです」

紹介人がいなければ、絶対に入れてもらえない店なのだという。

蘭丸の客たちは「行ってみたいが、伝手がない」と声をそろえていたそうだ。

「ほんな話を聞いたら、ぜひとも行ってみたくなりまして」

江戸の町の絵図を描いた綾人であれば知っているだろうか、元火盗改だという怜治であれば知っているだろうか、と思ったが、二人とも知らないというので、一平は半ばあきらめていた。

「兵衛があちこち聞き回ってくれたところによると、橘屋の若旦那に、月華亭で接待されたって自慢してた男がいるらしいんだよ」

「えっ、兄さんが⁉」

おふさは首をひねった。

「よく、そんな店に……きっと、おとっつぁんの伝手だわ」

おふさの父の彦太郎《ひこたろう》は、食に対する強いこだわりを持っている。かつて大坂で食べたうどんの出汁を気に入り、その店で使っているのと同じ昆布をわざわざ手配したというほどだ。行きつけの店の料理人とも直接言葉を交わすようだから、江戸の店にも詳しいのだろう。

「何とかして、一平さんを月華亭へ連れていってくれよ」

怜治の言葉に、一平は遠慮する。

「あ、なんも、ほんな無理せんでええんです。おふささんのご実家にまで迷惑をおかけしては申し訳ないです」

怜治は首を横に振り、おふさを見据えた。

「おれは一平さんに、できる限りのことをさせてもらうと約束した。調理場を助けてもらっている恩もある。ここはひとつ、朝日屋の一員として、おまえにも立派に働いてもらいたい」

おふさは顎を引いた。

「朝日屋の一員として……」

怜治はうなずく。

「この先はどうあれ、今は朝日屋の仲居だろう」

「はい」

怜治は満足げに目を細めた。

「それじゃ、明日さっそく橋屋へ行ってくれ」

おふさは表情を引きしめて「かしこまりました」と一礼した。


翌日、泊まり客を見送ったあとで、おふさは橋屋へ向かった。

「大丈夫でしょうかねえ」

ちはるは水にさらした新牛蒡《しんごぼう》を調理台の上に載せた。豊かな大地の香りがふんわりと優しく、ちはるの鼻先へ漂ってくる。

「おふさのやつ、自分の家へ行くっていうのに、何だかずいぶんと緊張の面持ちでしたよ」

慎介が苦笑する。

「自分の家だからだろうよ。橋屋の娘としてじゃなく、朝日屋の仲居として行かなきゃならねえんだ。いつもとは違う心持ちなんだろうよ。きっと、甘えを見せちゃいけねえと思っているのさ」

「はあ……」

甘えを見せずに、父親に頼み事をする――確かに、難しそうだ。

一平が申し訳なさそうに眉尻を下げる。

「おふささんには、わたしのせいで、いらん苦労をかけてしもうて」

「なあに、気にするこたあねえよ。むしろ、自分の気持ちを見つめ直す、いいきっかけになったんじゃねえのか」

慎介は励ますように、一平の肩を叩いた。

「さあ、今日も頼むぜ」

「はい」

一平は表情を引きしめて、調理台の前に立った。

ちはるも竈の前に立ち、大地の風味を損なわぬよう新牛蒡を煮つけていく。

調理場に出汁や醤油のにおいが広がった。

鼻から大きく息を吸い込むと、胸の中が幸せで満ちる。

今日もお客に喜んでもらえる料理を作らねばと思いながら仕事を進めていると、やがて、おふさが戻ってきた。

怜治が二階から下りてくる。

「入れ込み座敷で話を聞こう」

「はい」

怜治は調理場に顔を向けると、ちはる、慎介、一平の姿を順に眺めた。

「もし手が空いたら、おまえたちも来てくれ」

と言いながら、感心したような表情で目を細める。

「一平さん、すっかり馴染んでいるじゃねえか。まるで何年も前から、ここで働いているみたいだぜ」

ちはるは一平を見た。確かに、調理台の前に立っていても、もう何の違和感もない。

一平が「本当かい」と確かめるように、ちはるを見た。ちはるがうなずくと、照れたような笑みを浮かべる。

「しっかりしねえと、ちはるのほうが新参者に見えちまうぜ」

怜治の言葉に、ちはるは唇を尖《とが》らせた。

笑い声を上げながら、怜治が入れ込み座敷へ向かっていく。慎介に促され、ちはると一平もあとに続いた。

朝日屋一同が集まり、おふさの話を聞く。

「やっぱり兄さんは、おとっつぁんの伝手で、橘屋のお客を月華亭へお招きしたそうです」

おふさは彦太郎に頭を下げて、一平のために月華亭を紹介してもらえないだろうかと頼み込んだ。

「父はすぐに承諾してくれました」

拍子抜けするほどあっさり応じてくれた彦太郎は、こう言ったという。

――他ならぬ、朝日屋さんのためだからな――。

だが、彦太郎は条件を出した。

――おまえがご案内するのは、朝日屋さんのご意向だから構わんが、年頃の娘が男と二人きりで出かけるのは少々外聞が悪いだろう――。

もう一人、誰かを同行させせろと言われたのだ。

――身元の確かな人が一緒でなければ、きっと向こうも嫌がる。さるお屋敷の料理番を務めておられた方が、年を取って引退し、ひっそりと始めた店なのだが――。

もともとは、かつて世話になった人々を招いて食事を振る舞ったのが始まりらしい。

「また食べたい、ぜひもう一度呼んでくれ」という希望の声が多くなり、食事の会を開くことが多くなった。参加者たちは「こちらが頼んだのだから」と、高級な土産物や代金を置いていくようになった。

それならばいっそ、と思った元料理番は、隠れ家のような店を開いたのだ。

「もうお年なので、いつ店を閉じるかわからないし、お客が大勢集まり過ぎても応対できないので困ると、ご店主はおっしゃっているそうです」

だから紹介人がいる者のみ、店の場所を吹聴しないと約束させて、受け入れているのだという。

怜治は顎に手を当て思案顔になった。

「おれが行ってもいいが、江戸の味の説明なんざできねえぞ。ただ食って、うめえうめえと喜ぶだけだ。今回は、慎介のほうが適任か？」

慎介は首を横に振る。

「おれは朝日屋の調理場を離れられませんので」

「そうか……それじゃ、兵衛にでも頼むとするか」

慎介が同意する。

「望月屋の婿養子となれば、誰がどう見ても身元は確かですしね。昔はともかく、今はいろんな物を食べ歩いているようなんで、一平さんのいい話し相手にもなれるでしょう」

「決まりだな」

怜治は立ち上がった。

「今から兵衛のところへ行って、ちょいと頼んでくるぜ。美味い物が食えるってんで、大喜びで引き受けるだろうがよ」

怜治は草履に足を入れると、おふさを振り返った。

「あとで兵衛と一平さんを連れて、改めて橘屋へ挨拶にいく。おまえは当日、一平さんをどう案内するか、しっかり考えておけよ」

出かけていく怜治の後ろ姿を、おふさはじっと見送っていた。

「はい」

翌日、怜治たち三人が橘屋へ挨拶にいっている間に、おふさが調理場へやってきた。

「慎介さん、今ちょっといいですか」

「おう、何だ」

「一平さんに喜んでいただくためにどうしたらいいのか、私なりに考えてみたので、聞いていただきたいんです」

おふさが真剣な面持ちで慎介の前に立つ。慎介は真正面から向かい合った。

「おそらく昼の会食になるだろうと、おとっつぁんが言ってました。月華亭のご店主は、老齢のお体を考えて、夜早くお休みになるんですって」

そのため、客を入れるのも一日一組を基本にしているという。

「月華亭で出される料理は、すべてご店主にお任せとのことですが、量はそれほど多くないという話なので、月華亭を出たあと少し散策をしてから、甘味処へでもお誘いしようかと考えています」

向島に新しくできた花鳥茶屋《かちょうぢゃや》で美味い甘味が食べられると、おふさは橘屋で耳にしていた。花鳥茶屋とは、珍しい鳥や獣を見せる茶屋である。孔雀《くじゃく》茶屋とも呼ばれていた。

「綺麗な鳥たちを眺めて、美味しいお菓子やお茶を口にする機会を設ければ、一平さんに楽しんでいただけると思うんです。あえて料理以外の物に目を向けていただくのもいいかと思いまして」

「ほう」

話の先を促され、おふさは続ける。

「おとっつぁんに月華亭の件をお願いしたあと、わたしはすぐ朝日屋に戻ろうと思っていたんですけど、実は引き留められて、実家で一服してきてしまったんです」

久しぶりに会った娘の近況を根掘り葉掘り聞いてくるのかと思ったが、違った。

「おとっつぁんはお茶を飲みながら、自分の近況を語り始めました」

相変わらず店が忙しいとか、吉之助がもう少ししっかりしてくれれば自分も早く隠居できるのにとか、他愛のない話が続いた。

早く朝日屋に戻らねばと思いながら聞いていたおふさが、話を切り上げようとした時だ。

――この間は、遠方からのお客さまを屋形船でもてなしてねえ――。

思わず「遠方って、どこ?」と聞き返したおふさに、彦太郎はにっこり笑った。

――沼津だよ。江戸へは何度かいらしているし、川遊びもそう珍しいものじゃないとは思ったが、たいそう喜んでくださった――。

屋形船の舳先《へさき》に止まった都鳥を見て、しみじみと目を細めていたという。

——あれは渡り鳥だから、もうすぐ江戸から去っていくんだろう？　今日、大川で見られてよかった——。

都鳥が舳先から羽ばたくと、今度は大川の岸へ目を向けて、客はしばし流れゆく景色に見入っていたという。

——この頃、頭の中は仕事ばかりで、息が詰まっていたのだけれど、こんなふうにくつろぐ時も必要だねえ——。

今回の川遊びも、実は気乗りしていなかったのだが、仕事上のつき合いだから仕方ないと思っていたのだ、と客は彦太郎に詫びた。そして、実によい気晴らしになったと感謝した。

「今はただ楽しんでもらいたいという一心で、おとっつぁんは川遊びの最中に仕事の話をいっさいしなかったんだそうです」

——だから、ありがとうと言われた時は、とても嬉しかったよ——。

「それを聞いて、わたしも、ただただ一平さんに楽しんでもらいたいと思いました」

慎介が感心したようにうなずく。

「それで花鳥茶屋を思いついたのか」

「はい。茶屋だから、けっきょくは料理に結びついてしまうかもしれませんけど、少し趣向を変えてみたらどうかと思いまして」

それに、とおふさは続ける。

「もし一平さんがご興味をお持ちになれば、近くにある百花園へもお連れしようかと考えています。綾人に聞いてみたら、一平さんはまだ上野《うえの》へはいらしていないようですから、不忍池《しのばずのいけ》のほうまで足を延ばしてもいいと思いますし」

おふさが、ちらりと慎介の右腕を見る。

「ただ、そうなると、夕膳の支度が……」

「こっちは大丈夫だから、その日は心置きなく、一平さんを案内してさしあげてくれ」

任せておけと言わんばかりに、慎介が力強く胸を叩いた。

「おれも、もう調理場に戻れるからよ」

ちはるは思わず慎介の袖をつかんだ。

「本当ですかっ⁉」

慎介が満面の笑みで、ちはるを見下ろす。

「おう。鍼灸の先生にも、そろそろいいって言われたんだ。心配かけて、すまなかったな」

ちはるは首を横に振る。嬉し過ぎて、涙が出そうだ。

一平と並んで調理台の前に立つのもいいが、やはり慎介の隣が一番だ。

「よかった……本当に、よかった……」

涙ぐむちはるの肩をぽんと叩いて、慎介はおふさに向き直った。

「おふさは食事処が開くまでに戻ればいいんだろう？　一平さんのほうは、もし夜も外で食べたいってんなら、そっちは兵衛さんに任せておけばいいがよ。兵衛さんの心積もりもあるだろうから、回る道順なんかを、あとで相談しておきな」

自分のせいで一平の食べ歩きを中断させてしまったが、やっとまた出かけてもらえると、慎介は安堵の息をついた。

「だが、花鳥茶屋にも詳しいなんざ、さすが橘屋さんだなあ」

慎介の言葉に、おふさは「いいえ」と声を上げる。

「知っていたのは、おっかさんなんです」

花鳥茶屋といえば、おふさが知っているのは浅草か両国だった。しかし浅草と両国へは、すでに一平が訪れているはずだ。別の町のほうがいいかと思い、おふさは父に尋ねたのだが、知らないと言われた。

——おっかさんなら知っているんじゃないか——。

父の言葉に、おふさは目を見開いた。

——実は、おとっつぁんが接待で使う場所はみんな、おっかさんに選んでもらっているんだよ——。

「初耳でした」

おふさの母、おいとは店に出てこそいないが、陰で立派に橘屋のために働いているのだという。

近隣の店のおかみさんたちが集まる場へは必ず顔を出し、それぞれの家の近況や、町の流行などを聞き込んでくる。女の目線で語られる話は、男同士の会合で得られる話ともまた違い、彦太郎にとって大いに役立っているらしい。

「お得意さまを食事に誘う場合も、相手は最近あまり具合がよくないそうだから、あまりこってりした料理を出さないよう店に頼んでおくとか、事前の配慮ができると言っていました」

時には女同士で「うちの亭主に深酒をさせないよう、あなたの旦那さまにしっかり頼んでおいて」というようなやり取りもあるという。

「仲間の前では豪気に振る舞って、浴びるようにお酒を飲んでいても、家に帰ったとたん吐いて、翌日寝込んでしまう方がいるんですって」

女子供に甘い顔をしてなるものか、と人前で威張っている男が、家では妻の尻に敷かれていたり。荒っぽい物言いをする強面の男が、庭に現れた子猫に相好を崩し、抱きしめて離さなかったり。

「人の意外な一面を、おっかさんが教えてくれるんだと、おとっつぁんは言っていました。川遊びにお誘いした沼津のお客さまも、おっかさんがご内儀と文のやり取りをしていて、近頃とても疲れていて心配だと伺っていたんです」

おいとは奉公人たちにもよく目を配っており、年二回の藪入りに小遣いをやるのはもちろんのこと、離れて暮らす親兄弟の消息もできる限り入手して、何の憂いもなく橘屋で働けるよう心配りをしているという。

「藪入りに、近所に住む親を連れてどこかへ遊びにいきたいという奉公人の相談を受けて、あれこれ一緒に考えたりもしていたそうです」

おふさはすぐに母のもとへ向かった。今日は朝日屋の仲居として来たのだというおふさの言葉を受けて、客間へ案内したあと、おいとは自室に戻っていた。

向島のほうに花鳥茶屋はないか尋ねると、おいとは「ある」と即答した。

――去年の冬に新しくできた店でね。正月の藪入りに、うちの女中たちも行ってきたんだよ――。

寒い時期でも室内で鳥を見られて楽しかった、甘味も美味しかった、と女中たちは喜んでいたそうだ。

「おっかさんが花鳥茶屋を薦めたのか聞いたら、気恥ずかしそうに小さくうなずいていました」

陰で助言したことなど知られずともよいと、おいとは思っていたようだ。

「そんなおっかさん、今まで知らなかったから……」

おふさは決まりが悪そうに目を伏せた。親に逆らって、遊び歩いていた日々を悔やんでいるような表情だ。

「朝日屋の仲居として、わたしが一平さんをご案内するんだと告げたら、おっかさんは『しっかりおやりなさい』と励ましてくれました」

おふさは顔を上げて、慎介を見つめる。

「わたし、絶対、一平さんに楽しんでいただこうと決めたんです。だから教えてください。当日立ち寄るかもしれない場所に、どんな料理屋があるのか」

料理に対する好奇心が旺盛な一平のことだ。近くに美味い物があると聞けば、必ず行きたがるはずだ、とおふさは考えた。

「料理屋のことは、やっぱり慎介さんに教えてもらうのが一番です。教えてもらったお店は全部、あとで綾人の絵図に書き入れて、兵衛さんにも渡しますから。そうすれば、わたしが朝日屋に戻ったあとも、夜遅くまで回れるでしょう」

おふさは帯に挟んであった矢立と小さな帳面を取り出した。

慎介は目を細めてうなずくと、おふさが考えた当日の道順に合わせて、思いつくままに次々と店名を挙げていった。

「その店は、どんな料理を出すんですか？　さっきおっしゃった店と比べると、味つけは濃いですか、薄いですか」

時折質問を挟みながら、熱心に慎介の話を聞くおふさの表情を、ちはるは横目で眺めた。しっかり仲居らしい顔つきをしているじゃないか――と思いながら。


三日後の昼前、兵衛が踊るような足取りで朝日屋へやってきた。

「おふさも一平さんも、支度はできているね？」

歌うような口調で問いかけた兵衛は、誰がどう見ても明らかに浮かれている。

「怜治さんも太っ腹だねえ。今日は朝日屋のおごりで、わたしたちに飲み食いさせてくれるだなんてさ」

一平が「えっ」と目を見開いて、怜治を見る。

「あの、わたしはちゃんと自分で払おうて思うとったんです」

「わかってるぜ。だが、これは調理場を手伝ってくれた礼だ」

一平は頭を振る。

「ほんなつもりで手伝いを申し出たんじゃありませんよ」

「それも、ちゃんとわかってるって」

怜治は「だがな」と続ける。

「泊まり客をただ働きさせたとあっちゃ、朝日屋の名がすたるってもんだ」

兵衛が大きくうなずく。

「すでにわたしが、じゅうぶんな金を預かっているからね。ここはひとつ、朝日屋の気持ちを受け取ってあげておくれよ」

「ほやけどぉ」

恐縮する一平の背中を押しながら、兵衛が表口へ向かう。

「慎介さんの仲間の弟子なら、わたしにとっても他人じゃないさ。今日はどこへでも連れていくよ。ねえ、おふさ」

「はい」

おふさは力強く返事をすると、怜治に向き直った。

「では、行ってまいります」

きりりと引きしまった表情で一礼すると、おふさは兵衛たちのあとに続いて敷居をまたいだ。

綾人が通りへ出て見送る。

「行ってくるよ～」という兵衛のはしゃぎ声が、次第に遠ざかっていった。

慎介が調理場で苦笑する。

「兵衛さん、なかなか出入りできねえ店へ行けるってんで、ずいぶんと張り切ってるなあ」

ちはるは同意した。

「だけど張り切ってるといえば、やっぱり、おふさですよ。顔つきがいつもと違いませんか？」

慎介は目を細めてうなずいた。

「一平さんをどう案内するか、しっかり考えておけと怜治さんに言われた辺りから、目の色が変わったな」

「あいつは今ものすげえ勢いで成長してるぜ」

怜治が口角を上げながら、調理場に歩み寄ってくる。

「あいつがこの先どの道を行こうと、無駄になるってこたぁひとつもねえだろうよ。ちはるも負けねえよう、しっかり気張りな」

「えっ……『どの道を行こうと』って、まさか、そんな……」

ちはるはうろたえた。

「あんなに生き生きと、一平さんを案内する計画を立てていたのに。これで仲居を辞めるってことはないでしょう」

「それはわからねえ」

怜治が真顔になる。

「最後の大仕事になると思ったからこそ、気合いが入ったのかもしれねえしよ」

反論しようと再び口を開きかけたちはるを、怜治の冷静な眼差しが射貫《いぬ》いた。

「先のことなんて、誰にもわからねえだろう」

「それは……そうですけど……」

ちはるは口をつぐんだ。

怜治の言っていることもわかるが、おふさが朝日屋からいなくなるだなんて信じられない。

「まあ、なるようになるさ」

怜治の言葉に一抹の不安がよぎったが、ちはるは仕事に没頭すべく包丁を握った。

鯵《あじ》の煮つけを作るため、鱗や腸を取りのぞいていく。

手を動かすと、すぐ料理に夢中になれる。

ちはるは慎介とともに夕膳の下ごしらえを進めた。


食事処が開く少し前に、おふさは戻ってきた。

みなが自分の持ち場に控えている中、怜治が歩み寄っていく。

「おう、どうだった。一平さんに楽しんでもらえたか？」

おふさは力強く輝く目で、まっすぐに怜治を見た。

「わかりません」

怜治は眉をひそめて、話の先を促す。

「わたしは楽しかったんです。一平さんが好みそうな場所を、あらかじめみんなに教えておいてもらったおかげで、打てば響くようなご案内ができたんじゃないかと思います」

月華亭の料理を堪能したあと、一平の様子を窺いながら、おふさは次の場所を提案した。

一平は大喜びで行きたがり、おふさが薦めるまま、あちこち見物した。

花鳥茶屋、百花園、入谷鬼子母神《いりやきしもじん》、不忍池、湯島天神、神田明神《かんだみょうじん》——急ぎ足で回りながら、行く先々で目についた団子や饅頭を食べ歩き、日本橋まで戻ってきたのである。

「朝日屋の近くで別れたあと、一平さんと兵衛さんは京橋《きょうばし》の近くにある居酒屋へ向かいました」

二人とも終始笑顔で、足取り軽く京橋へ向かっていったという。

「一平さんも、兵衛さんも、とても楽しそうに見えました。でも」

おふさは祈るように胸の前で両手を握り合わせた。

「どこまで楽しんでいただけたのかは正直わかりません。何に感動するかは、人それぞれですから。懸命に案内するわたしを気遣って、大げさに喜んでみせてくれたのかもしれないですし……」

怜治は目を細めた。

「確かに、人の心はわからねえ。だから誠実に向き合って、精一杯もてなすしかねえのさ」

怜治はおふさの顔を覗き込む。

「おまえは精一杯やったか？」

「はい」

おふさは即答する。

「あれ以上のご案内は、今のわたしにはできません」

「ならいい」

怜治は満足げに微笑んだ。

「食事処を開けるぜ。おまえも持ち場につきな」

舞台の幕開けを宣言するように、怜治が表戸を指差した。

綾人が掛行燈に火を灯すため、外へ出る。

夜の帳《とばり》が降りてくる中、曙色の暖簾が風で大きくひるがえった。


その日も食事処は大盛況で、朝日屋は大忙しだった。

ちはるは息つく暇もなく、夕膳を作り続けた。慎介の包丁使いは冴え渡り、腕の痛みは完全になくなったようだったが、ちはるはいつも以上に率先して動き回り、少しでも慎介に負担がかからぬよう努めた。

おふさも外出の疲れを見せずに、きびきびと働いていた。

食事処を閉め、みなで賄を食べて一服しているところに、一平が戻ってくる。ほろ酔い機嫌で入れ込み座敷に上がった一平は、実によい笑顔で朝日屋一同を見回すと、床に両手をついた。

「今日は本当に、あんやと存じみす。おふささんのおかげで、月華亭の他にも、いろんな名店に巡り合うことができました。兵衛さんには、居酒屋へも連れていってもろて」

がんこ楽しかったあ！　と叫んで、一平は深々と頭を下げた。

「江戸は活気があっていいですねえ」

一平は顔を上げると、満面の笑みを浮かべる。

「鳥がおる茶屋には初めて入ったんで、面白かったです。真っ白い、綺麗な鸚鵡《おうむ》がおったんですよ。孔雀が羽を広げた時には、あまりの美しさに驚きました。それからね、うちの親方がよう言う『恐れ入谷の鬼子《こ》母神』にも行ったんですよ。今川橋《いまがわばし》の近くで、今川焼きも買うたんです」

怜治は口角を上げてうなずいた。

「満足してくれたなら、何よりだ。なあ、おふさ」

「はい」

おふさは心底から嬉しそうに、一平を見つめる。

一平はおふさに向き直ると、がばっと頭を下げた。

「本当に、あんやと。おふささんのおかげや」

「いえ、そんな」

「あっ、ほうや」

一平はちはるを振り返ると、懐から小さな帳面を取り出して、にじり寄ってきた。

「これ、見てみんか。花鳥茶屋で食べた白玉なんやけどね、この器がまたいいんや」

一平に指差され、ちはるは紙面を覗き込む。

帳面には、外出先の光景がびっしりと描かれていた。食べた物はもちろん、料理屋や茶屋のたたずまい、長床几に座って茶を飲む人々、花を浮かべた手水《ちょうず》まで――。

見事な出来映えに、ちはるは感嘆の息をつく。

「すごい……」

「出先でちゃちゃちゃっと描いたさかい、ちょっこし雑やけど」

「そんなことありませんよ。料理の細かさだけじゃなく、町の人たちも生き生きと描かれているじゃありませんか。やっぱり一平さんは絵がお上手ですねえ」

一平は照れくさそうに後ろ頭をかいた。

「不忍池は、蓮の花が有名なんやってねえ。まだ時季やのうて残念やったけど、弁天島《べんてんじま》が見られてよかった。風情があったわ」

ちはるは湯島天神の絵を指差す。

「ここは梅が有名なんですよ」

「どれ」

一平がちはるの手元を覗き込んできた。勢いよく顔を近づけられて、額と額がぶつかりそうになる。

一平が「ああ」と声を上げた。

「ここでは富くじを売っとるんやってね。湯島天神と、目黒不動《めぐろふどう》、それに谷中《やなか》の感応寺《かんのうじ》ってところで売られとるのが『江戸の三富《さんとみ》』やって、おふささんに聞いたわ」

「へえ、ものすごく絵が上手えじゃねえか」

ちはると一平の間から、怜治が身を乗り出してきた。

「おれにもよく見せてくれよ」

ぐいと後ろから押された形になって、ちはるは顔をしかめる。

「ちょっと怜治さん、向こう側から見ればいいじゃないですか」

一平の前を指差すと、怜治は眉根を寄せた。

「逆さじゃ見づれえだろうがよ。見終わったんなら、おまえが向こうへ行けよ」

「あたしだって、まだじっくり見たいんです。一平さんの食日記には、料理人として学ばなきゃならないことが、たくさん詰まっているんだから」

ちはるが睨むと、怜治は負けじと言い返してくる。

「おれだって、朝日屋の主として、よそから来た者が江戸の何に興味を示すのか、ちゃんと確かめておかなきゃならねえだろう」

たまおが小首をかしげた。

「あら怜さま、それだけですか？」

「他に何があるってんだ」

怜治は「ふん」と鼻を鳴らして、おふさへ目を移した。

「ところで、おふさ、おまえはどうするんだ。朝日屋で仲居を続けるのか？」

みなの視線がおふさに集まる。

「当たり前でしょう」

おふさは毅然とした表情で胸を張り、一同の顔を見回した。

「仲居はやり甲斐のある仕事だと、よくわかりましたからね。朝日屋のおもてなし精神を、この先もしっかり広めていきますよ」

怜治は嬉しそうに、にっと笑った。

「頼もしいじゃねえか」

おふさは怜治に向き直り、きっちりと頭を下げる。

「このたびは、わたしに一平さんのご案内役を務めさせていただき、本当にありがとうございました。おかげさまで、大事なことに気づけました」

怜治は小さくうなずいてから、「うーん」と大きく伸びをする。

「ああ、よかった、よかった。冷や冷やさせんなよ、まったく。おふさが辞めちまったらどうしようかと思うと、夜もろくに眠れなかったんだぜ。今日は安心して、ぐっすり眠れるなあ」

「まあ、怜さまったら」

たまおが軽く怜治を睨んだ。

「こうなることが、最初からわかっていたんでしょう？」

怜治はぶるぶると頭を振る。

「んなわけねえだろうがよ。なあ、慎介、おれは心配のあまり、身悶《みもだ》えするほど苦しんでいたよなあ」

慎介は顎に手を当て、首をひねった。

「さあ、どうですかねえ。月華亭への同行を兵衛さんに譲るんじゃなかったと、身悶えするほど悔やんでいるのかな、とは思いましたけどねえ」

怜治は舌打ちして、ぺしりと自分の額を打った。

「ちくしょう、ばれていやがったか」

朝日屋に明るい笑い声が響き渡った。

第四話　朝影

まだ日の高いうちに、一平が外出から戻ってきた。曙色の暖簾をくぐって土間に踏み入ると、手首にかけていた紐《ひも》をひょいと持ち上げる。紐で吊り下げられていた小さな鉢植えが、一平の顔の高さまで上がった。

藤の花である。

「まあ、綺麗！」

たまおが歩み寄り、薄紫の花房をうっとり見つめる。

「朝日屋のみなさんに、お土産です」

一平はにっこり笑うと、藤の花をたまおに差し出した。

「今日は亀戸《かめいど》天神へ行ってきたんやけど、藤の花ががんこ見事でした。天神さまの近くの植木屋で、縁起がいいから買うていきなと勧められましてね」

藤は「不死」に通ずるので、吉祥文様として扱う者が多い。

「あら、いただいちゃっていいんですか」

「もちろんや」

藤の鉢植えをたまおに渡すと、一平は背負っていた小さな風呂敷包みをほどいた。

「くず餅もありますよ。船橋屋《ふなばしや》ちゅう、蘭丸姐さんお薦めの店で買うてきました」

一平の声を聞きつけたらしく、怜治が二階から下りてくる。

「昨夜すでに宿代を払ってもらったが、明日の朝に江戸を発つってことで変更はねえかい」

一平はうなずいた。

「そろそろ次の場所へ行かな、離れがとうなってしもうがで」

慎介が調理場を出て、一平の前に立つ。

「名残惜しいが、引き留めるわけにはいかねえもんなあ」

一平は微笑んで、慎介と怜治を交互に見た。

「今みなさんと、くず餅を食べてもええですか。食事処が開けばお忙しくなるさかい、今のうちにご挨拶をしたいんやけど」

怜治は微笑むと、みなを入れ込み座敷に呼び集めた。

朝日屋一同と一平は車座になって、くず餅を頬張る。黒蜜ときな粉がたっぷりあるので、匙ですくって食べた。

「美味しい！」

思わずといったふうに上がったおしのの声に、ちはるは大きくうなずいた。

黒蜜ときな粉をかけた瞬間、鼻先に漂ってきたのは、しっとりした甘さと香ばしい甘さ――口の中に入れると、ぷるぷるした餅に黒蜜ときな粉がしっかり絡みついていた。嚙めば、もっちり。黒蜜はあっさりと、雑味がなく。粗めに挽いてあるきな粉の、あと味もよい。

みな夢中になって、くず餅を嚙みしめた。

「くず餅っていうさかい、葛を使うとるて思うとったんやけど、天神さまのとこで売られとるのは、小麦を使うた餅なんですってねえ」

小麦澱粉を湯で練り、蒸籠で蒸して作るのである。

慎介がうなずいた。

「船橋屋の創業者は下総国《しもうさのくに》の出だって話だが、下総ではいい小麦が採れるんだよ。それで亀戸天神の前で、小麦を使った餅を商いにしようと考えたらしい」

一平は感心したように、皿の上のくず餅を見つめた。

「宝達葛《ほうだつくず》とどっちが美味いか比べてみようて思うたんやけど、比べられんですねえ」

残っていたくず餅を口に入れて、一平は満足そうな笑みを浮かべる。

ちはるは首をかしげて一平を見た。

「宝達葛って何ですか？」

「能登にある宝達山《ほうだつさん》で採れる葛のことや」

れていた。

能登半島の最高峰である宝達山は、昔から金山として知られており、葛根《かっこん》なども採取さ

「宝達村には、金を掘るもんたちが多く住んどる。まだ医者がおらん時代に、過酷な仕事を続けるもんたちのために役立てようと、薬として葛を使い始めたんが、宝達葛の始まりやといわれとる」

「へえ……大和国《やまとのくに》の吉野《よしの》葛は知っていましたけど、宝達葛は知りませんでした」

世の中には、まだまだ知らない食材が数多くあるのだと、ちはるは改めて思った。

くず餅を食べ終えると、怜治が一平に向き直った。

「明日の出立は早えんだろ」

「はい、七つ立ちしようと思うとります」

一平は居住まいを正して、一同の顔をゆっくりと見回した。

「みなさん、ほんまにお世話になりました。朝日屋で過ごした日々は、絶対に忘れませんん」

みな笑顔でうなずいた。

怜治が懐から小さな巾着を取り出し、一平の前に置く。

「朝日屋からの餞別《せんべつ》だ」

一平は巾着を凝視すると、おののいたように首を横に振った。

「いただけません、ほんなん。わたしが払うた宿代より、多いんじゃありませんか」

押し返そうとする一平の手を、怜治が止めた。

「いいや、受け取ってもらうぜ。これは朝日屋のためだ」

一平は怪訝な顔になる。

怜治は、にっと笑った。

「この金を使って、旅先で大いに見聞を広めてくれよ。——と言っても、芸者遊びはほどほどにしておいてもらいてえがな」

怜治は真顔になって、巾着を一平の手に握らせる。

「一日も早く、一流の料理人になってくれ。あんたの料理を加賀まで食べにいく者が、日本中で次々と現れるくらいにな。それから」

怜治は、ちはるに向かって顎をしゃくった。

「いつまでも、ちはるのいい好敵手でいてくんな。旅先で覚えた料理を、たまに文で教えてやってくれよ」

ちはるの胸に熱い感慨が込み上げた。

怜治は一平の肩をぽんと叩く。

「それができなきゃ、そん時は金を返しにきな」

一平は手の中の巾着を見つめ、ぐっと握りしめた。

「では、ちょうだいいたします」

巾着を胸に抱くようにして、一平は深々と頭を下げる。

「ごきみっつぁま」

朝日屋一同は目を細めて、丁寧に礼を返した。


翌朝の日の出前——曙色の暖簾をくぐって、一平は外へ出た。

まだ閑散としている表通りに、朝日屋一同も並び立つ。

慎介が一平の前に歩み出た。

「達者でな」

「はい。慎介さんも」

がっちり固い握手を交わすと、一平はちはるを見た。

「あんやとな。一緒に料理を作れて、楽しかったわ」

「こちらこそ、ありがとうございました」

うなずき合うと、一平は背筋を正して大通りのほうを向いた。

「では」

薄明りの中を歩き出し、少しして振り向く。大きく手を振ると、再び前を向いて旅立っていった。

一平の後ろ姿が見えなくなるまで見送っていた慎介が、寂しさを吹っ切るように、ぱんと両手を打ち鳴らした。

「さあ、おれたちは仕事だ。ちはる、仕入れにいくぞ」

「はい！」

ちはるは慎介とともに魚河岸へ向かった。

一平が渡っていったはずの橋をちらりと横目で眺めながら、ちはるは魚屋が建ち並ぶ通りを進んでいく。

魚河岸は今日も、魚を買い求める者たちでいっぱいだ。向こう鉢巻きをしめた尻切れ半《ばん》纏《てん》の男や、若い衆を引き連れた着流し姿の男たちがひしめいている。

「おい、いさきをくれ。早くしてくんな！」

「ふざけるなっ。何で鮪がそんなに高えんだよ！　鰹じゃねえんだぞっ」

「びた一文まけねえぞ、こら」

「鎌倉海老《かまくらえび》は入ってねえのかよ、ちくしょうっ」

あちこちで威勢のいい声が上がっている。

慎介が目を細めて辺りを見回した。

「さあ、買うぞ」

「はい」

ちはるは板舟《いたぶね》に顔を向けた。並べられている魚はみな、どれも新鮮で、ついさっきまで海の中を泳ぎ回っていたように見える。

一平さんなら、どの魚を選んで、どう料理するんでしょうかねえ——。

出かかった言葉を飲み込んで、ちはるは慎介とともに魚を吟味した。

あいなめを買って朝日屋に戻ると、橘屋の吉之助が来ていた。入れ込み座敷に座り、怜治と向かい合っている。吉之助の隣には、おふさもいた。

おふさの実家で何かあったのだろうか……。

入れ込み座敷のほうをちらりと窺いながら、仕入れた食材を調理場に置くと、怜治に声をかけられた。

「おい慎介、ちょっと来てくれ。ちはるも一緒にな」

ちはるは慎介と顔を見合わせて、入れ込み座敷へ向かった。

「橘屋の彦兵衛さんが、今年、古稀《こき》を迎えたそうでな」

慎介と並んで怜治のそばに控えながら、ちはるは安堵する。どうやら悪い話ではないらしい。

吉之助がうなずいた。

「家族そろって、朝日屋さんで祝いの膳を囲みたいと思っているんです。今日は、食事処の席を四つ押さえさせていただきたいとお願いに上がりました」

　慎介が首をかしげる。

「四つですか？」

　吉之助は「はい」と即答した。

「祖父と、両親と、わたしです。祖母はすでに亡くなっておりますので」

　慎介はおふさを見やる。

「ですが、ご家族のお祝いなら、おふさも……」

　おふさはまっすぐに慎介を見つめ返した。

「わたしは朝日屋の仲居なので、食事の席には着きません」

「顔見知りのお客さんの目が気になるのか？」

　慎介は怜治に目を移す。

「他人目《ひとめ》をはばかってのことなら、二階の客室をひとつ用意してもいいんじゃありませんか」

　怜治は肩をすくめた。

「おれも、そう言ったんだがよ。藪入りでもねえのに仕事を休めねえと言い張りやがるんだ」

　おふさは胸を張って、怜治と慎介を交互に見た。

「当たり前です。いつも通り働くに決まっているじゃありませんか」

吉之助が隣に顔を向け、嬉しそうに微笑む。

「おかげさまで、妹もずいぶん真面目になりましたようで」

吉之助は笑顔のまま、慎介に向き直った。

「席は四つでお願いいたします。祖父は、おふさに運んでもらった膳を喜んで食べるでしょうし。母も、おふさの働いている姿を一度見てみたいと申しておりますので」

慎介は「そういうことなら」と納得した。

「彦兵衛さんは卯月の生まれだってんで、卯月に祝いの席を設けようと決めていたそうなんだがよ。十日後ってことで受けていいか？」

怜治の問いに、慎介はうなずく。

「めでたい献立になるよう考えなくちゃなりませんね」

「おう。それでよ、朝日屋からも、祝いの料理を何か一品出してえんだ」

「承知しました」

吉之助が慌て顔になる。

「お二人とも、待ってください。お気持ちは大変ありがたいのですが、いつも通りのお膳でけっこうです。特別なお気遣いなど、なさいませんように」

「なあに、この間の礼も兼ねてさ」

怜治が吉之助をさえぎるように言い切る。

「うちの泊まり客のために、月華亭を紹介してもらっただろう」

「そんなこと」

「他ならぬ、橘屋の慶事なら、おれたちにも祝わせてくれよ」

怜治の言葉に、慎介がうなずく。

「うちの仲居の身内のことですからねえ」

吉之助は深く感じ入ったように目を潤ませた。

「こんなにも、おふさを可愛がってくださって――」

「ちょっと兄さん、泣きべそなんてかかないでよ。恥ずかしいじゃないの」

目のふちを押さえる吉之助に、おふさが冷たい横目を向けた。

「だって、おまえ」

吉之助は、すんと小さく鼻を鳴らす。

「お祖父さんの言っていた通り、おふさの居場所は朝日屋さんにあったんだなぁ」

おふさは照れくささをごまかすように咳払いをして、怜治に向き直った。

「祖父のために、ありがとうございます」

怜治は鷹揚にうなずいた。

「祝い膳の献立は、おふさも一緒に考えるんだ」

「えっ」

ちはるとおふさの声が重なり合った。

怜治は、ちはるとおふさの顔を交互に見やる。

「彦兵衛さんの好みは、おふさが一番よくわかってるだろうがよ」

そう言われると、拒めない。彦兵衛の好物がわかれば献立も組みやすいし、何より、彦兵衛に喜んでもらえるだろう。

ちはるは丹田にぐっと力を込めて、背筋を伸ばした。

「わかりました。おふさと力を合わせて、献立を考えます」

おふさも居住まいを正す。

「よろしくお願いいたします」

おふさの視線はまっすぐ慎介に向かっていたが、一瞬だけちらりと、ちはるを見た。

吉之助が感極まったように、胸の前で両手を合わせる。

「ありがとうございます。祖父も喜びます。おかげさまで、おふさがこんなに大人になって――」

「ちょっと兄さん、やめてよ」

おふさがぎろりと吉之助を睨みつけた。吉之助は嬉しそうに笑っている。

そんな二人のやり取りを、ちはるは微笑ましく眺めた。

ちはる、慎介、おふさの三人は、さっそく祝い膳の献立について話し合った。

「彦兵衛さんの好物って何かしら？　うちの食事処へいらした時は、いつも残さずに全部食べてくださるけど――」

「お祖父ちゃんは何でも食べられるわ。歯が丈夫で、入れ歯もないし」

即答されて、ちはるは眉根を寄せる。

「彦兵衛さんの好物を聞いているんだけど」

おふさは口をつぐんだ。

慎介が苦笑する。

「何でもいいって言われると、よけい迷っちまうわな」

ちはるは大きくうなずいた。

「何でもいいで終わっちゃ、何のためにおふさの意見を聞くんだかわかりゃしないですよ」

じろりと睨みつければ、おふさはすねたように唇を尖らせる。

「出された物は何でも残さずに食べると、お祖父ちゃんは決めているのよ。若い頃、京の山寺で修行した時に、食べ物のありがたさが身に染みたんですって」

「山寺で修行？」

ちはるは首をかしげた。

「唐物屋の跡取りだった人が、どうして」

慎介も首をひねりながら、おふさの顔を覗き込む。

「同業の店で経験を積むってえのは、よくある話だろうが、いったい何で山寺なんだ？」

聞き返されると思っていなかったようで、おふさは戸惑い顔になる。

「何でって、それは……」

おふさは躊躇したように目を泳がせた。

「お祖父ちゃんは昔、相当なやんちゃだったそうで。勘当されたくなければ山寺で生まれ変わってこい、と先々代に脅されたんです」

ちはるは驚いた。

「彦兵衛さんが、やんちゃ⁉」

ちはるの目には、温厚で家族思いの好々爺《こうこうや》にしか見えない。

慎介も同意する。

「江戸で生まれ育ったお方だろう？　わざわざ京の寺に預けられるってこたぁ、よっぽどひどかったのか」

おふさはうなずいた。

「わたしも、にわかには信じられなかったんですけどね。お祖父ちゃんが、まだ十五の時だそうです。あんまりにも聞き分けがないんで、親が手を焼いて、素行の悪さを直すために家から出したそうです」

とても自慢できるような話ではないので、彦兵衛はあまり人に語らなかったという。

「おとっつぁんも詳しくは知らないらしいんですが、お祖父ちゃんは、わたしにだけこっそり教えてくれました」

ちはるは慎介と顔を見合わせる。

「それにしても、どこかで聞いたような話ですねえ」

「そうだなぁ」

おふさが顔をしかめて咳払いをする。

ちはると慎介は、おふさに向き直った。

「で、続きは？」

ちはるの言葉に、おふさは嫌そうな表情をする。

「これ以上、お祖父ちゃんの昔話なんか聞いてどうするのよ」

「彦兵衛さんの祝い膳の、いい手がかりになるかもしれないじゃない」

慎介も同意する。

「確かに、思い出の味は参考になるかもしれねえなあ」

おふさは、むっと唇を引き結んだ。

「山奥の禅寺ですよ。食べ物だって、質素だったと聞いています」

「質素な食べ物が駄目ってわけじゃないでしょう」

さらに続けようとしたちはるを、慎介が止める。

「もっと聞きてえのはやまやまだが、やっぱり、実の息子さんも詳しく知らねえ話を、おれたちが根掘り葉掘り聞いちゃいけねえのかもしれねえ」

「あっ、そうですね」

ちはるは素直に引き下がった。

「誰にだって、触れられたくねえ過去のひとつやふたつはあるよな。彦兵衛さんは、可愛い孫娘のおふさにだから話したんだろう。すまなかったな、おふさ」

「あ、いえ、そんな」

慎介に詫びられて、おふさは困り顔になる。

「朝日屋のみんなに隠さなきゃならないような話ではないんです。ただ――」

おふさは言い淀んだ。

「ただ、わたしが、自分の嫌なことを思い出してしまうんですよ」

慎介は無言で首をかしげ、話の先を待った。

おふさは目を閉じて、大きなため息をつく。

「お祖父ちゃんにその話を聞いたのは、わたしが遊び歩いていた時期なんです。癇癪を起こして地団駄踏んで、『こんな家に生まれたくなかった』ってお祖父ちゃんに八つ当たりをしたことが、何度もありました」

　おふさは両手で顔を覆って「恥ずかしい」と呟いた。

「あの頃の自分を思い出すと、居たたまれなくなって、もう大声で『うわーっ』と叫び出したくて、たまらなくなってしまうんです。できることなら、あの頃の自分を消し去りたい」

　慎介が優しく目を細める。

「おめえもずいぶん成長したなあ」

「そうでしょうか」

　慎介はうなずく。

「恥ずかしいって気持ちが生じたのは、過去を冷静に振り返れるようになった証だろう。この間、一平さんの件で、おめえが実家のご両親と話してきた時も思ったけどよ。おふさは、あの頃よりずっと大人になったよ」

　おふさは顔を上げると、少々むずがゆそうな表情で語り出した。

「遊び歩いていた頃は、おとっつぁんも、おっかさんも、兄さんも、わたしの顔を見れば説教ばかりで。わたしは家にいるのがどんどん嫌になって、ますます出歩くようになったんです。意地になっていました」

けれど彦兵衛だけは、おふさに対する態度が違ったという。叱らずに、優しく寄り添い続けてくれたのである。

――また家で食事をしなかったね、おふさ。おっかさんの目を盗んで、台所で握り飯を作ってきたよ。さあ、お食べ――。

おふさが無言で握り飯を食べるのを、彦兵衛はただ微笑みながら見守っていた。

「お祖父ちゃんが作ってくれたお握りは、ちょっといびつで、崩れやすくて。でも、とても美味しかったです」

ある日、いつものように自室で握り飯を頬張っていると、彦兵衛がしみじみ言った。

――おまえは、昔のわしによく似ているよ、おふさ――。

首をかしげるおふさに、彦兵衛は笑った。

――わしも昔は、親に逆らってばかりいてなあ――。

「最初は、やさぐれたわたしの心をほぐすための嘘なんじゃないかと思いました。お祖父ちゃんが親に逆らっていたなんて話、それまで一度も聞いたことがなかったし。わたしが知っているお祖父ちゃんは、いつも穏やかだったから」

多少は自分の主張を通したかもしれないが、どうせ高が知れている――そう決めつけたおふさに向かって、彦兵衛は苦笑しながら大きく頭を振った。

――飲む、打つ、買うの、三拍子でな――。

おふさは啞然《あぜん》とした。

大酒を飲んで、博打を打ち、女を買う彦兵衛の姿など、とても想像できなかった。

「賭場に入り浸っていたところを力ずくで連れ戻されたと聞いた時には、本当に驚きました」

橋屋の先々代が懇意にしていた岡っ引きに頼んで、手を回したらしい。今後一切、彦兵衛を賭場に出入りさせぬよう、岡っ引きを通して元締めに話をつけた。

そして先々代は、跡継ぎである彦兵衛を、商いにおいて最も信頼の置ける友人に託すと決めたのだ。

「かつて橋屋でお世話をしていた方だそうです」

京にある、時田屋《ときたや》という唐物屋の跡取りだった男だ。

「時田屋さんの先々代に当たる方で」

地元の他店で修業を積んでいたのだったが、江戸の唐物屋も見てみたいということで、伝手を辿って橋屋へ来たのだという。

橋屋と時田屋の先々代は年が近く、すぐに意気投合した。一年をともに過ごした二人は、時田屋の先々代が京へ帰ったあとも頻繁に文を交わし、親しいつき合いを続けたそうだ。

「お祖父ちゃんを預かるに当たり、時田屋の先々代は条件を出しました」

――山寺での暮らしに三月耐えられれば、うちで預かり、商いを教えよう――。

橘屋の先々代に連れられて東海道を上り、京へ辿り着いた彦兵衛は、まず山奥の禅寺へぶち込まれた。

――ここで心を入れ替えられぬのであれば、もう知らん。どこへでも行くがよい――。

先々代はそう言って、彦兵衛を置いて帰ったという。

「あとから思えば、甘ったれた息子を突き放すために、あえて冷たい態度を取ったんだろう、ってお祖父ちゃんは言っていました」

着の身着のままで取り残された彦兵衛は、険しい山道を水も持たずに一人で下りる覚悟が持てず、仕方なく寺で過ごすことにした。

「まず、掃除をしろと言われたそうです」

――自分が歩く廊下を、自分の姿が映るほど美しく磨き上げよ――。

住職の命を、彦兵衛は無視した。与えられた部屋に寝転がり、だらだらと過ごしたのである。

食事の刻限となり、腹を空かせた彦兵衛は庫裏《くり》へ向かったが、彦兵衛の分の膳は用意されていなかった。

――食事も大事な修行である。修行をせぬ者に食べさせる物はない――。

淡々と告げられた彦兵衛は「飯を寄越せ」と暴れた。

その時、寺にいた僧たちはみな細い体つきで、力も弱そうに見えた。だから難なく飯を奪えるだろう、と彦兵衛は思っていた。

しかし、あっという間に一人の僧に取り押さえられてしまった。

座禅ばかり組んでいる禅僧のくせに、いったいどこの僧兵かと思うほどの俊敏な動きで、力も強かったという。

――ここにいる以上は、ここの規律に従わねばならぬ。嫌なら、山を下りても構わぬが、どうする――。

他に行く当てもなかった彦兵衛は渋々と雑巾を手にした。

修行僧たちがきちんと掃除をしているのだろう、廊下はすでに綺麗で、じゅうぶん磨き上げられているように見えた。

これ以上まだ掃除をする意味があるのかと思いながら、廊下にしゃがみ込んだ彦兵衛は、前方に小さな鳥の羽が落ちているのに気づいた。

屋根のかかった回廊だが、外に面している。風で飛んできたのか、鳥がここを歩いたのか――。

羽を拾い、他に落ちている物はないか見回すと、ぴかぴかの床板に曇っている箇所があると気づいた。誰かが歩いた跡のようだ。

やはり毎日使う場所は、毎日汚れるのだなと思いながら、彦兵衛は廊下を拭いた。

他に足跡がついていないか探しながら拭き続け、ふと振り返った時、彦兵衛は愕然とした。拭いた跡にむらがあり、とても醜く見えたのだ。

――何だよ、ちくしょう――。

自分の努力が無駄になった気がして、腹が立ったという。最初から拭き直した。今度はむらが出ないよう、端から端までまんべんなく、きっちりしぼると、最初から拭き直した。


いつの間にか、彦兵衛は雑巾がけに没頭していた。

食べるために仕方なく始めた掃除であったが、目の前の床をぴかぴかにしてやるという一念で手を動かしているうちに、気がつけば夢中になっていた。嫌々やっていた自分の心さえ、いつしか忘れていたのである。

寺の廊下は長く、多くの時がかかった。

這いつくばって床を拭き上げ、回廊をぐるりと一周した時には、彦兵衛の全身から力が抜けていた。

廊下に座り込んだまま、ぜぃぜぃと肩で息をつく彦兵衛の前に、住職が立った。

――食事をするか――。

彦兵衛は首を横に振った。くたくたで、食べる気力がなくなっていたという。

住職は彦兵衛の腕を取って立たせると、庫裏へ連れていった。そして手ずから作った葛湯に匙を添え、彦兵衛に差し出した。

とろみのついた葛を匙ですくって口に入れると、ほのかな甘みが彦兵衛の心身に染み入った。葛湯の素朴な味わいに、涙が出そうになったという。

「葛粉を溶いて、ほんのわずかな砂糖を加えただけの温かい飲み物が、まるで極楽の飲み物のように感じたそうです」

生き返った心地になった彦兵衛は、翌朝から修行僧たちとともに掃除を始めた。

修行僧たちに教えられるまま、膝をつかず、板目に沿って拭き清めていくうちに、彦兵衛は心も磨かれていくような気がしたという。毎日くり返していくうちに、自堕落な暮らしで乱れていた体調も整ってきた。質素な飯も美味く感じる。

「しっかり心を入れ替えたお祖父ちゃんが山を下りる頃には、床や壁の掃除だけでなく、仏具の手入れまで手伝わせてもらえるようになっていたそうです」

禅寺をあとにした彦兵衛は、時田屋で一年を過ごし、江戸へ帰った。

「わたしが聞いたのは、ここまでです」

ふうっと息をついて、おふさは慎介を見た。

「今の話の中に、祝い膳の手がかりはありましたか？」

慎介は神妙な面持ちでうなずいた。

「精進《しょうじん》料理を参考にしたらどうだ。うちは寺じゃねえから、魚類をいっさい使わねえってわけじゃねえがよ。彦兵衛さんのお年を考えると、やっぱり野菜を多く使った料理は、お体にも優しいんじゃねえかな」

慎介は合掌するように両手を合わせて、ちはるを見た。

「おめえ、明日、天龍寺へ行ってこい。慈照さまにも、何かご意見をいただいてきてくれよ。おふさと一緒にな」

ちはるは思わず「えーっ」と声を上げそうになった。

天龍寺も禅寺だ。精進料理について教えを請うのであれば、慈照以上の適任者はないと思うが――おふさも一緒とは――。

「二人とも、頼んだぜ。彦兵衛さんに喜んでいただける祝い膳を、しっかり考えなきゃならねえんだからな」

そう言われると、断れない。

ちはるは「はい」と答えるしかなかった。

翌日は、まばゆいばかりの晴天となった。

泊まり客たちを見送ったあと、ちはるはおふさを連れて天龍寺へ向かう。

おふさと二人きりで出歩くのは初めてである。何となく、こそばゆいような気まずさを感じた。

「まあ、可愛い！」

朝日屋を出て間もなくのところで、隣を歩くおふさが弾んだ声を上げた。

視線を追うと、大きな真っ黒い犬がいる。鮮やかな青の首輪をして、白髪交じりの武士に寄り添っていた。

「賢い子ねえ。紐で繋がれていないのに、勝手に駆け出したりしないんだわ」

おふさの声に気づいた武士が、こちらを見た。気難しい武士であれば、じろじろ見るのは非礼だと怒るのではないかと、ちはるは身構える。

けれど愛犬を褒められて気をよくしたのか、武士は目尻にしわを寄せてにっこり微笑むと、そのまま去っていった。黒い犬も、おとなしく飼い主のあとをついていく。

「獅子丸《ししまる》は今頃どうしているかしらね」

しみじみと言って、おふさは日本橋川のほうを振り向いた。

朝日屋の珍客だった獅子丸は、おかげ犬だ。飼い主の平癒《へいゆ》祈願をするため伊勢《いせ》を目指し、葺屋町に住む戯作者《げさくしゃ》の風来坊茶々丸《ふうらいぼうちゃちゃまる》とともに旅立っていった。

「この間、たまおさんに言われたわ。『このままじゃ、獅子丸に顔向けできないんじゃないの』って」

「いつの話？」

「あんたに心ないことを言って、叱られた日の夜よ」

「ああ……」

裏の仲居部屋に帰ったあと、たまおは改めて、おふさを諭したのだという。

――獅子丸は、自分のお役目を果たすため、立派に旅をしていたわね――。

人懐っこい顔の下で、獅子丸が何を思っていたのかは誰にもわからない。

本当は、旅になど出ず、自分の寝床で丸くなっていたかったのかもしれない。野原を駆け回り、蝶とたわむれて遊んでいたかったのかもしれない。何よりも、飼い主のそばを離れたくなかったに違いない。

けれど獅子丸は旅に出た。通りかかった人々の助けも得ただろうが、右も左もわからぬ道を突き進み、何とか江戸まで辿り着いた。

きっと、与えられた仕事に必死で取り組んでいたのだろう、とたまおは続けた。

伊勢までの旅は、まさに命懸けだ。険しい峠も、橋のない川も、すべて越えていかねばならない。茶々丸がつき添っているからといって、油断は禁物だ。

――獅子丸が無事に伊勢参りを終えて戻ってきた時、おふさちゃんは堂々と胸を張って出迎えられるのかしら――。

犬にも劣る身であれば、きっと獅子丸に相手にされまい、と断言された気がしたという。

「獅子丸の、あの可愛らしいつぶらな瞳を思い出したら、わたしも『このままじゃいけない』って強く思ったわ」

と同時に、朝日屋を訪れる客たちも、楽しそうに食事をしているからといって必ずしもみな幸せとは限らないのではないか、と改めて深く考えたという。

「笑顔の裏で、つらい事情を抱えて、歯を食い縛っているのかもしれないわよね。美味しい物を食べて元気を出そうと、必死なのかもしれない」

おふさはちはるに向き直る。

「迷いが晴れるまで、しばらく時がかかってしまったけど……」

「けど、今はもう堂々と、いつでも獅子丸に会えるのよね？」

ちはるが問えば、おふさは「もちろん」と胸を張って、天龍寺の方角を指差した。

「さあ、行くわよ」

ずんずんと威勢よく歩いていく。

「ちょっと待ちなさいよ」

先を行かれては、どっちがどっちを連れていくんだかわからなくなる。

ちはるは急ぎ足で追いついて、おふさを抜いた。

二人で競い合うように両国橋を越え、一ツ目橋を渡っていく。

山門をくぐり、庫裏へ向かうと、本堂から出てくる黒い法衣《ほうえ》姿が見えた。

「慈照さま！」

声を上げると、法衣の袖をひるがえしながら、ちはるのほうへ足早に歩み寄ってくる。

慈照から漂ってくる白檀《びゃくだん》の心地よい香りが、ちはるの鼻先を優しく撫でた。

「すみません、また突然やってきて」

慈照は麗しい笑みを浮かべながら、おふさに目を移した。

「構わぬよ」

おふさは背筋を伸ばす。

「初めまして。朝日屋の仲居の、ふさと申します」

慈照は「ほう」と目を細めた。

「ちはるが人を連れてくるのは初めてだな」

おふさが「へえ」と、ちはるを見る。

ちはるは小さく咳払いをして、まっすぐに慈照を見上げた。

「おふさのお祖父さんの古稀の祝い膳を、うちで作ることになりました。ぜひ相談に乗っていただきたいんです」

慈照は鷹揚にうなずいて、庫裏の戸を引き開けた。

「おいで。中でゆっくり聞こう」

慈照が淹れてくれた茶を飲みながら、ちはるはこれまでの経緯を話した。

「なるほど、精進料理を参考に——とな」

慈照は思案顔で、ななめに宙を見やる。

「確かに、体には優しいかもしれぬが……雲水（修行僧）が普段食べる物は、白粥に漬物や煮豆といった、とても質素な物だ。祝い膳としては彩りも少なく、あっさりし過ぎであろうから、客膳を参考にしたほうがよいであろうな」

慈照は小首をかしげて、おふさに顔を向けた。

「品数はいかがいたす？　朝日屋では、幸せの『四』で一汁四菜にしていると聞いておるが」

本来この数字は「死」に通ずるので、縁起が悪いと言う者も多い。

「いつも通りの四菜でいきます」

きっぱりと、おふさが即答した。

「朝日屋は、一陽来復《いちようらいふく》の宿です。逆境を転じてやるという精神の『幸せの四』を、お祖父ちゃんは好きだと言っていました」

慈照は目を細める。

「では朝日屋の形に則《のっと》り、彦兵衛さんの好みそうな物を考えるがよい。天龍寺でよく作る物といえば、そうだな……胡麻豆腐や赤飯粥、こんにゃくの白あえ、叩き牛蒡、野菜の煮物など……」

慈照は思いつくままに、さまざまな料理を挙げてくれた。

おふさは持参した帳面と矢立を取り出して、熱心に筆を走らせている。

その様子を慈照は微笑みながら見守り、おふさの手の動きに合わせてゆっくり話したり、料理名をくり返したりしていた。

「ありがとうございます」

書き終えると、おふさは丁寧に一礼した。

「絶対に、最高の祝い膳を作り上げてみせます」

意気込み強く宣言したあとで、おふさは慌てたようにつけ加えた。

「あ、でも、自分のお祖父ちゃんだから特別扱いをしたいというわけではないんです。縁あって、朝日屋で食事をする一人として、その祝い事を大事にしたいんです」

慈照は大きくうなずいた。

「その心構えは大変素晴らしい。曹洞宗《そうとうしゅう》の開祖、道元《どうげん》禅師が我々に残してくださった『典座教訓《てんぞきょうくん》』の中にも、相手によって態度を変えぬことの大事さが書かれてあるよ」

『典座教訓』とは、禅寺において食事を司る役職「典座」の心構えを示した書である。嘉《か》禎《てい》三年（一二三七）に記された。

「わたしがこの寺へ入り、初めて台所の仕事をいただいた時に、まず三つの心構えを教えていただいた。喜心《きしん》、老心《ろうしん》、大心《だいしん》というのだがね」

喜心とは、典座の職に就き、大事な修行として三宝《さんぽう》供養のために食事を作る機会を得られたことを喜び、感謝する心。

老心とは、何の見返りも求めずに子を育てる親のような気持ちで、食べる相手に純粋な思いやりを向けながら、ただひたむきに調理する心。

大心とは、大山のようにどっしりと動かず、大海のように広々として、食べる相手や食材によって態度を変えることなく、常に精一杯の努力をつくして調理をする心。

「やはり、何事も心が大事なのだよ。六味を調えるのは、慎介さんがいるので大丈夫であろうが」

六味とは、苦味、酸味、甘味、辛味、塩味、淡味のことである。

慈照の説明に、おふさは「はい」と答えながら首をかしげた。

「何だね？」

「いえ、あの……先ほどおっしゃられた『三宝』というのは……」

「仏、法、僧のことだよ。仏教では、仏と、仏の教えである法と、その法に従って修行する僧を、三つの宝としているのだ」

「三……ですか」

おふさが怪訝そうな声を出す。

ちはるはおふさの顔を覗き込んだ。

「何よ。三がどうかしたの？」

おふさは小さく頭を振った。

「他にも、三のつく仏教の言葉を聞いたことがあったなぁと思っただけよ。ほら、三尊仏とか、三世《さんぜ》とか」

慈照が「ふむ」と顎に手を当てる。

「三世か……」

過去、現在、未来を表す仏語である。

「彦兵衛さんの祝い膳に、三世を取り入れてみてはどうだろう」

ちはるはおふさと顔を見合わせた。

膳の中に三世を入れるとは、いったいどういう意味だろう。

「季節に先駆けて出回る初物のことを『走り』と呼ぶであろう」

ちはるはうなずいて、慈照を見つめた。

「波が引いたあと、浜に残った魚や海藻を『余波《なごり》』と呼びます」

「うむ。しかし『余波』をわざわざ手に入れることは難しいであろうから、あと少ししたら時季が終わってしまうような、名残惜しい食材も選んでみてはどうかな」

ちはるとおふさは同時に「あっ」と声を上げた。

「食材の三世――!」

重なり合った二人の声に、慈照は笑みを深める。

「ただし『走り』といっても、初鰹のように何両もするような高価な物を選ぶ必要はないのだよ。まだ実の若い野菜を使うなどして、工夫しなさい。天龍寺の檀家になっている農家に、わたしが声をかけてもよい」

「ありがとうございます」

ちはるとおふさはそろって頭を下げた。

「余波の物も、傷んだ物しか手に入らぬようであれば、彦兵衛さんの思い出の風景を器の中に描くなど、慎介さんに相談しなさい」

ちはるの頭の中で何かが「かちり」と音を立てた。

「思い出の風景を器の中に……」

呟けば、慈照がうなずく。

「いつまでも心の支えになってくれるような過去の情景を、美しい盛りつけで表すことができれば、それも立派なもてなしのひとつになるのではないかな」

おふさが小さく唸った。

「お祖父ちゃんにとって、それは、三条大橋から見た景色だと思います」

江戸から京へ向かう時は東海道の終点となり、京から江戸へ向かう時は起点となる橋である。

「行きと帰りでは、橋を渡った時の心持ちがまったく違ったと言っていました。特に江戸へ帰る時は、三条大橋から見えた山に禅寺で過ごした日々を重ねて、涙が出そうになったと……自分は京で生まれ変わったんだという思いが、強く込み上げてきたと言っていました」

ちはるの頭の中に、本所の一ツ目橋がよみがえった。

あの橋を渡って、ちはるは生まれ育った町を出た。そしてさらに両国橋を越えて、日本橋へ──朝日屋へやってきたのだ。

ちはるは三条大橋の景色を知らないが、橋を渡った時の彦兵衛の気持ちが手に取るようにわかる気がした。

ちはるも橋を渡り終えた時、やはり何らかの区切りがついたような心地になったのだ。

「お祖父ちゃんにとって心の支えとなっているのは、やっぱり三条大橋から見た山なんだと思います。とても厳しい修行に耐えられたことが、のちのちまで大きな自信になったと言っていましたから」

山が過去なら、橋は──彦兵衛が「現在」住んでいる、日本橋の地名の掛詞として使えないだろうか。

だが、山や橋をどう料理で表す？　そして未来は？

「彦兵衛さんに与えられた雑巾がけの修行は、確かに厳しい」

慈照が苦笑を漏らした。

「かつて、わたしが永平寺《えいへいじ》で修行させていただいた時も、回廊の掃除は、やはり慣れるまで非常に大変であった」

何かを思い出したような表情で、慈照は小さなため息をつく。

「ともに修行した雲水の中に、少々騒がしい男がおってな。そういえば、その者も京の出であったが――しゃべってはならぬ場でもよくしゃべり、規則を破った罰として掃除を命じられておった」

同じ時期に門を叩いた者として、同じ修行を割り当てられていた慈照も、よく連座で回廊の掃除を命じられたという。

「その者とは同じ日に山を下りたので、自分の寺へ帰るまでの道行きを途中までともにしたのだが、やはりうるさいくらいによくしゃべっておった」

日常のすべてが修行であると何度教えられても、厳しい禅師の目がない場ではどうしても気がゆるんでしまったのであろう、と慈照は遠い目をした。

故郷への思いがはきちれんばかりに膨らんだのか、道中ずっと、慈照はお国自慢を聞かされていたという。

「住まいは宇治《うじ》にあると申しておった。宇治茶は将軍家へも献上されるほど上質なのだと、茶壺道中についても得意げに語っておってな」

鎌倉時代、華厳宗《けごんしゅう》の僧である明恵《みょうえ》上人が、茶の栽培を京の栂尾《とがのお》から宇治へ伝えたのが、宇治茶の始まりといわれている。

おふさが感嘆したような目を慈照に向けた。

「お茶とお寺は、ご縁が深いんですねえ。茶葉を臼で挽いて粉にする抹茶の飲み方も、お坊さまがお広めになった、とお祖父ちゃんが言っていました」

慈照がゆるりとうなずく。

「臨済宗《りんざいしゅう》の開祖、栄西《えいさい》禅師であられるな」

栄西は、建暦《けんりゃく》元年（一二一一）に日本最古の茶書『喫茶養生記《きっさようじょうき》』を刊行し、茶祖ともいわれている。

「彦兵衛さんは、茶の湯をたしなまれるのかな？」

「はい。たまに茶会へも呼ばれております」

抹茶――。

おふさと慈照の話を聞きながら、ちはるは、山を表す料理の色づけに抹茶を使えないだろうかと考えていた。

「京といえば、我が家ではお茶よりも橘を思い浮かべるのですが」

おふさの言葉に、慈照が「ああ」と声を上げる。

「わたしは目にしたことがないが、ともに修行した者の話で、多少聞き覚えがある」

近畿地方以西の山地に生える常緑樹である。夏に白い小花を咲かせ、冬に一寸ほどの橙《だいだい》色の実をつける。

「おふさの実家の橘屋と、同じ名の植物であるな。確か、『万葉集』では、霊妙な果実として詠まれているとか。京の御所などにも植えられているそうな」

紫宸殿《ししんでん》の階《きざはし》前に、桜とともに植えられているのが橘である。朝儀の際、この桜の近くに左近衛府《さこんえふ》が詰め、橘の近くには右近衛府《うこんえふ》が詰めたところから「左近の桜、右近の橘」という言葉が生まれている。

「石清水《いわしみず》八幡宮という神社にも、古くから植えられているそうです。冬でも葉を落とさない縁起のよい木だということで、時田屋さんの庭にも大きな橘があったと、お祖父ちゃんが言っていました」

時田屋では、生《な》った実を砂糖とともに酒に漬けて、橘酒を作っているという。

「今でもおつき合いを続けてくださり、毎年、うちの実家にも送ってくださるんですよ」

ちはるはおふさの顔を覗き込む。

「橘酒は、今、橘屋さんにあるの？」

「あるはずだけど」

「それじゃ持ってきてよ」

おふさは、はっと息を呑んだ。

「駄目よ！　あんたには絶対あげないからね。お酒なんて飲ませたら、大変なことになるんだから」

「違うわよ！　飲もうとしているんじゃないってば！」

ちはるは慌てておふさをさえぎった。慈照の前で、酒癖の悪さを暴露されてたまるか。

「橘の実も、祝い膳に使いたいと思ったのよ」

「お酒じゃなくて、実？」

ちはるはうなずいた。

「橘の実がどんな味か知らないけど、たとえどんなにすっぱくても、甘露煮にすれば食べられるはずでしょう」

「あっ、甘露煮――」

おふさが納得顔になる。

「おっかさんが家で作ってたわ。お祖父ちゃんが時田屋さんにいた頃、食べさせてもらったんですって。橘の実はすっぱくて、とても生では食べられないらしいのよ」

おふさは感心したように、ちはるを見つめる。

「あんた、さすが慎介さんの弟子ねえ」

ちはるは腰に手を当て、胸を張った。

「当然よ」

慈照がにっこり微笑む。

「甘くするのであれば、小豆《あずき》餡と合わせた菓子にするのもよいのではないか？」

さすがは餡好きの慈照である。甘い餡を白飯の上に載せて食べるだけあって、何にでも餡を合わせようとする。

だが、確かに、邪気払いとしてよく使われる小豆は祝いの席にもふさわしい。

ちはるは目を閉じた。

彦兵衛についての話に出てきた物を、頭の中に思い浮かべる。

小豆餡、抹茶、山、橘の実の甘露煮、三条大橋、寺、葛湯――。

彦兵衛の思い出の風景を、これらの食材で器の中に描くことはできるか。

ちはるは唸った。

器の中にどう入れたら、美しく盛れるのだろう。

参考になる物は、何かないか。

これまで慎介とともに作ってきた料理や、慎介に借りた料理書。天龍寺でいただいた金《こん》平糖《ぺいとう》や、外で見聞きしてきた物事などを、ちはるは必死に頭の中で呼び起こす。

ふと、外出先の光景がびっしり描き込まれていた、一平の帳面を思い出した。

――これ、見てみんか――。

一平の声が、ちはるの耳の奥によみがえる。

――花鳥茶屋で食べた白玉なんやけどね、この器がまたいいんや――。

器の中の白玉……。

白玉を橋のように並べることはできるだろうか。

ちはるは頭の中で、丸い器の真ん中を突っ切るように、白玉団子を一列に並べた。

彦兵衛が過去を過ごした山を表す緑色の抹茶を、白玉の右側に流し入れる。

白玉の左側には、縁起がよい小豆餡を健やかな未来として流し入れてはどうか。

点《た》てた茶をそのまま器に入れると、現在を表す白玉の橋の向こうへ溢れ出して上手く区切れないだろうから、固めに練った葛湯に抹茶を混ぜればいいかもしれない。

いける――。

ちはるは目を開けた。

「何か思いついたようだな」

慈照に顔を向けると、温かい眼差しに包み込まれた。

「よい表情をしておる」

慈愛に満ちた慈照の微笑みに、ちはるは勇気づけられる。

「精一杯をつくしなさい」

「はい！」

力強く即答するちはるに、慈照は大きくうなずいた。

「おまえにとって朝日屋は、本当によい居場所となったな」

慈照はゆるりと首を巡らせて、おふさを見る。

「おまえも朝日屋に巡り合えてよかったな。彦兵衛さんは、自分にとっての京のような場所を、大事な孫娘にも見つけて欲しかったのであろう」

「はい。お祖父ちゃんには、本当に感謝しています」

慈照の深い眼差しの中で、おふさはわずかに身を縮めた。

「でも、改まって『ありがとう』とは、なかなか言えなくて……」

慈照は優しく目を細めた。

「あせらずとも、そのうち機会は訪れるであろう」

と言いながら、慈照は「だが」と続ける。

「機会とは、自ら作るものでもあるのだがね」

「はい……」

少し困ったようなおふさの横顔を眺めながら、ちはるは慈照の言葉を胸の内でくり返していた。

――精一杯をつくしなさい――。

孫娘を愛おしむ彦兵衛の笑顔が、ちはるのまぶたの裏に浮かぶ。

彦兵衛のため、自分に何ができるのか、今一度じっくり考えようと思った。

朝日屋へ帰り、天龍寺での話を報せると、慎介は感心したように唸った。

「なるほど。過去、現在、未来を表す、三世の祝い膳か……さすが慈照さま、素晴らしい案をくださる。橘屋さんの三世代が集まる場でもあるから、ものすごくいいんじゃねえか」

ちはるはおふさと顔を見合わせ、うなずき合った。

「いつも通りの四菜となると、うちから出す一品は膳につけず、大皿にして、みなさんで取り分けていただくとするか」

「はい」

旬の野菜の他に、鯛や海老など縁起のよい食材についても話し合う。

「ちはるの考えた、抹茶や餡で三世を表現する甘味は、食後の菓子として出そう」

「はい」

「だが、抹茶は葛湯に混ぜねえほうがいいんじゃねえのか。かつて彦兵衛さんが味わいなさった、ほんのり甘くしただけの葛湯を使ったほうが、過去の思い出をそのまま表せると思うがなぁ」

できる限りとろみを残して少し固めに仕上げた葛湯を器に入れ、その上に、白玉団子と抹茶と餡を載せたらどうか、と慎介は案を出した。

ちはるは唸る。

「でも、抹茶にもとろみをつけないと、餡と一緒に器へ入れた時、白玉で上手く区切れないんじゃありませんか。白玉の隙間から、お茶が餡のほうへ流れ出してしまったり――」

慎介は腕組みをして瞑目した。

「おめえが言ってる抹茶ってえのは、薄茶のことだよな。さらりとした薄茶じゃなくて、とろりとした濃茶を使ったらどうだ」

薄茶と濃茶では、抹茶と湯の分量が違う。薄茶を「点てる」のに対し、濃茶は「練る」と言う。

「餡も濃茶に硬さを合わせて、ゆるめのこし餡にするんだ。そうすりゃ口当たりもよくなるだろうし、上手く白玉で区切れるんじゃねえのかな」

慎介の説明を、ちはるは頭の中で思い描く。

「なるほど――端から食べれば、ほんのり甘い葛湯と抹茶が混ざり合った味わいを、反対側の端から食べれば、葛湯と餡が混ざり合った味わいを楽しめますね」

葛湯が抹茶と混ざり合った時には、きっと渋さと優しさが絡み合った味わいに。餡と混ざり合った時にも、餡の甘さも控え目にしておけば、くどくはならないだろう。

「底の方に葛湯だけ残っても、それは懐かしの味……」

ちはるの言葉に、慎介は満足げな笑みを浮かべた。

おふさが首をひねりながら、ちはるの顔を覗き込む。

「橘の実の甘露煮はどうするの？」

「白玉の真ん中に置いたらどうかしら」

慎介がうなずいた。

「試してみよう。おふさ、橘の実を頼む」

「はい。さっそく実家からもらってきます」

ちはるたち三人は、祝い膳の支度を着々と進めていった。


時は過ぎ、あっという間に古稀の会の前日となる。

夜の賄を食べ終えて一服していると、慎介が入れ込み座敷の隅に座って墨をすり始めた。

膝の前に、白い紙を置いている。その横には、淡い曙色の紙が数枚あった。

「献立紙か」

怜治が声をかけると、慎介は顔を上げた。

「ええ。いつもは膳につけていませんが、今回は特別に作って、橘屋のみなさんにお渡ししようと思いましてね」

白い紙は下書き用で、曙色の紙が清書用だという。

「そりゃあいいな。きっと喜んでもらえるぜ。なあ、おふさ」

おふさは嬉しそうに同意した。

慎介は下書き用の紙に向き直る。

「古稀のお祝い膳に、何か気の利いた名をつけたいと思っているんですがねえ。『三世』って言葉は、ちはるが考えた甘味のほうにつけようと思っているんで、他に何かいい言葉はねえかと考えているところなんですよ」

ちはるは慎介の隣に腰を下ろして、まだ何も書かれていない紙をじっと見つめた。おふさも横に来て、一緒に紙を覗き込む。

過去、現在、未来という、時の流れを表した膳……三世代の集まり……。

ちはるは、はっと思った。

「三宝づくし——って、どうですか」

慎介が、ちはるを見る。

「三つの宝か」

「はい。三世も、三世代の家族も、彦兵衛さんにとってはかけがえのない宝物だと思いますし。それに、一平さんが教えてくれた宝達葛も『宝たちの葛』って読めますよね。今回使うのは宝達葛ではありませんが、彦兵衛さんの葛の思い出を、人生の転機となった大事な宝に譬《たと》えたら……」

慎介が、おふさに目を移す。

「どうだ？」

おふさは大きくうなずいた。

「とてもいいと思います。宝という言葉は、おめでたいですし。つくすという言葉には、お客さまに精一杯のおもてなしをするという、わたしたち朝日屋の心も込められるんじゃないでしょうか」

「よし、決まりだ」

慎介は居住まいを正すと、筆を手にした。慣れた手つきでさらさらと、白い紙に祝い膳の品を書き入れていく。福籠屋の頃はいつも客のために献立を書き記していたのだろうか、とちはるは思った。

書き終えた下書きを、おふさは食い入るように見つめている。指折り数えながら、ぶつぶつと料理名を唱えるようにくり返した。明日の祝いの席でしっかり説明できるよう、頭に叩き込もうとしているようだ。

「この下書きを、おふさにあげちゃいけませんか」

ちはるの言葉に、慎介は「いいぜ」と即答した。紙を手に取り、おふさに差し出す。

「まだ墨が乾ききってねえから、気をつけな」

「ありがとうございます」

押しいただくように受け取って、おふさは頭を下げた。

と、その時、階段のほうから物音がした。みなで一斉に振り向くと、二階で寝ていたはずの泊まり客が階段を下りてきたところだった。

「すまねえが、水をもらえねえかな。目が覚めたら、すごく喉が渇いちまってよ」

たまおが立ち上がる。

「今すぐお部屋にお持ちいたしますので」

と言っている間に、おふさは献立の下書きを丁寧に入れ込み座敷の床に置いて、調理場へ走った。

「わたしが持っていきます」

客が厠《かわや》へ寄っている間に、水を持って二階へ上がっていく。

おふさの後ろ姿を見送って、ちはるは慎介に向き直った。

「橘屋さんにお渡しする献立紙には、最後に『おふさからの』って入れてもらいたいんですけど」

首をかしげる慎介に、ちはるは小声で説明する。

「天龍寺で、おふさは彦兵衛さんに感謝していると言ってました。でも『ありがとう』とは、なかなか言えないって」

怜治が歩み寄ってきた。

「つまり、祝いの席で、おふさに謝意を述べさせようってんだな」

ちはるはまっすぐに怜治を見上げる。

「彦兵衛さん、お喜びになると思いませんか」

怜治は目を細める。

「喜ぶなんてもんじゃねえだろうよ」

「おふさには黙っていてくださいよ」

怜治は、にやりと口角を上げた。

「おまえもいい根性してるなぁ」

ちはるは、ふんと胸を反らす。

「褒め言葉として受け取っておきます」

「ああ、悪くねえぜ」

たまお、おしの、綾人を振り返り、怜治は命じた。

「おまえたちも黙ってろよ」

三人は心得顔で微笑みながら、大きくうなずく。

階段を下りる足音が聞こえてきた。おふさが戻ってきたのだ。

怜治がそそくさと、もといた場所に戻る。

みな何事もなかったような顔つきで、おふさに向き直った。

が、一斉に視線を向けられて、おふさは怪訝な顔になる。

「何かあったんですか？」

たまおが首を横に振りながら、おふさに歩み寄った。

「わたしたちは、そろそろ帰りましょう」

「でも、墨がまだ」

「もう乾いたんじゃないのかしら」

と、そこへ、おしのの亭主の伊佐吉《いさきち》が現れた。

「遅くなっちまって、すみません。うちのを迎えに参りました」

「おまえさん、待ってたよ」

ちょうどいいところへと言わんばかりに、おしのが立ち上がる。

「おう、気をつけて帰れよ」

怜治はいそいそと二人を見送って、たまおとおふさに向き直る。

「おまえたちも、もう帰りな」

ちはるは下書きの墨の乾き具合を確かめてから、そっと手に取って、おふさに差し出した。

「明日は頑張らなきゃね」

おふさは目を細める。

「明日もでしょう？」

むっと眉根を寄せたちはるに、おふさは満面の笑みを浮かべながら献立の下書きを受け取った。

た。


「それじゃ、お先に」

両手で大事そうに紙を持って、おふさはたまおとともに裏の女中部屋へ引き上げていった。


翌日の夜、食事処を閉める少し前に、橘屋一家がやってきた。おふさの働く姿を見てもらい、他の客たちが帰ったあとも心置きなく歓談してもらえると考えた時分である。

「いらっしゃいませ。どうぞこちらへ」

調理場に近い席へ、おふさが案内してくる。

朝日屋の泊まり客であった絵師、緑陰白花《りょくいんはくか》が描いた衝立《ついたて》が置いてある。先日旅立っていった加賀の一平の置き土産、藤の花の鉢植えも飾られている。

おふさに促され、彦兵衛が腰を下ろした。嬉しそうに目尻を下げている。

「本日は、誠におめでとうございます。朝日屋が心を込めて作りましたお祝いのお膳をお持ちいたしますので、少々お待ちくださいませ」

深く一礼して、おふさが調理場に向かってくる。たまおとおしのも、あとに続いて入ってきた。

「橘屋さんのお祝い膳をお運びいたします」

「お願いします」

ちはるも一緒に、四人で運んだ。

彦兵衛、彦太郎、おいと、吉之助が目を輝かせて膳を見つめる。

「本日のお祝い膳『三宝づくし』でございます」

家族の前に居住まいを正して、おふさが口を開く。

献立紙は、板長の慎介が最後の挨拶とともに渡すと告げてあるので、まずは口頭でおふさが説明する運びとなっていた。

「本日のお祝い膳は、蕗《ふき》の煮浸し、松風豆腐、がんもどき、蒸し茄子、赤飯、けんちん汁でございます。本日のお食事には、精進料理から手がかりをもらい、現在、過去、未来の三世を取り入れてございます」

橘屋一家は不思議そうに膳を見つめる。

「煮浸しの蕗や、けんちん汁に使っております野菜などは、市場でも普通に手に入りますので旬の物として『現在』を表しております」

橘屋一家が感心したようにうなずく。

「蒸した茄子は、公に売り出してよいと言われておりますのは皐月からになりますので、走りということで『未来』を表しております」

橘屋一家は「ほう」と感嘆の声を上げた。

「朝日屋が懇意にしていただいております天龍寺のご住職のおかげで、まだ少し早い時季ですが、この茄子を手に入れることができました」

彦兵衛が感慨深げな表情で、蒸し茄子の器にそっと手を当てる。

「わしのために、申し訳ない」

「んなこたぁ言わねえで、喜んでくれよ」

怜治が彦兵衛に歩み寄った。その後ろには、大皿を手にした慎介が続いている。

慎介が大皿を置くと、橘屋一家は目を見開いて歓声を上げた。

「何て見事な――」

海を表す青い大皿の上に、縁起物の鯛と鎌倉海老の刺身が載っている。頭や尾を使い、まるで生きたままのような姿で盛りつけられていた。

「こちらの大皿は、朝日屋からの贈り物でございます」

おふさの言葉に、橘屋一家が怜治を見上げる。

「こんなたいそうなことをしていただくために、父の祝いを朝日屋さんにお願いしたわけでは――」

「遠慮なんかやめてくれよ」

恐縮する彦太郎を、怜治がさえぎった。

「橘屋の祝い事は、おれたちにとっても他人事じゃねえんだ」

料理の説明を続けろ、と怜治はおふさに手で促した。

「食後には、『三世の甘露』と名づけました甘味を用意してございます」

おふさが彦兵衛を見た。

「これは、かつて過ごした京の『過去』の風景を取り入れた甘味となっております」

彦兵衛は瞬きをくり返す。

「過去の風景……？」

おふさはうなずいた。

「現在、過去、未来を表した膳——そして、その膳を囲む橘屋の三世代を合わせて、『三宝づくし』でございます。どうぞ、ごゆるりとお楽しみくださいませ」

床に手をつき丁寧に一礼すると、おふさは凜と顔を上げて立ち上がった。

たまお、おしのとともに、他の客のもとへ歩み寄っていく。

「おい、姉さん、酒のお代わりくれよ」

「かしこまりました」

「こぼしちまったんだが、拭く物をくれねえか」

「ただ今すぐにお持ちいたします」

くるくると忙しく動き回るおふさの姿を、橘屋一家はまぶしそうに見つめていた。

彦兵衛は嬉しそうに微笑みながら目を潤ませ、おいとは袖で目元を拭っている。彦太郎と吉之助も、感慨無量の面持ちで目を細めていた。

やがて食べ終えた客たちが帰っていき、入れ込み座敷は橘屋一家だけになる。

四人が食べ終える頃合いを見ながら、ちはるは慎介とともに食後の甘味を用意した。

丁寧に練った葛を器に入れる。器の真ん中を縦に突っ切るように、白玉団子をふたつ、橘の甘露煮をひとつ、白玉団子をふたつの順で並べる。その右側に濃茶、左側にこし餡を流し入れる。

四人分を仕上げたところへ、おふさたち仲居がやってきた。

「お運びいたします」

「お願いします」

運ばれていく甘味を、ちはるは調理場から見送った。

「三世の甘露でございます」

前に置かれた瞬間、彦兵衛が小さなうめき声を漏らした。

「これは……」

「白玉団子と橘の実を、京の三条大橋に見立てました」

おふさの説明に、彦兵衛がこくこくとうなずく。

「濃茶の緑は、三条大橋から見える東山――」

彦兵衛の声がわずかに震えた。

「古き友の面影を映す、朝影……」

彦兵衛は涙をこらえるように顔をゆがめる。

「わしが江戸へ帰る時、時田屋の奉公人の一人が、わざわざ三条大橋まで見送りにきてくれた。奉公人といっても、親身になってわしの世話をしてくれた、京の兄のような存在でのう」

時田屋で過ごした日々を、陰になり日向になり支えてくれたという。

「品物の取り扱い方や客あしらいといった、表向きの仕事だけでなく、少々気難しいおかみさんとの接し方など、内所での暮らしも、ずいぶんと助けてもらった」

山奥の禅寺で生まれ変わったはずの彦兵衛だったが、京の町の人々とのつき合い方に戸惑い、閉口したことも多かったという。

「やはり人づきあいは大事でな。人との関わりが上手くいかないと、どうしようもなく落ち込んでしまったりもする」

ひと晩寝て、朝起きたら江戸へ戻っていた——なんてことがあったらいいのに、と思いながら布団に入っても、戻れるわけがない。

「目が覚めて、時田屋の天井を見ると、うんざりする日もあってのう」

そんな過去を愛おしむように、彦兵衛は目の前の器を見つめた。

「朝から沈んでいてはいかんと思い、裏庭の池を眺めて気を取り直したりしたものだよ」

時田屋の裏庭には、とても美しい池があったという。

「花菖蒲や睡蓮が咲き乱れ、大きな鯉も泳いでいてな。悠々と泳ぎ回る鯉を眺めていると、時が経つのを忘れそうになった」

彦兵衛は器の中の白玉を指差した。

「ちょうどこんなふうに飛び石があってな」

よく飛び石の真ん中に立って、鯉を眺めていたという。

「池の真ん中でぼけっとしていると、その人が呼びにきてくれてな。朝飯を食いっぱぐれるだの、仕事に遅れたら大目玉を食らうだのと言って」

昔を懐かしむように、彦兵衛はくすりと笑う。

「わしに小言をつく顔が、池の水面《みなも》に映っておった」

それはきっと優しい顔だったのだろう、とちはるは思った。

吉之助が「なるほど」と声を上げる。

「それで『朝影』ですか」

彦兵衛はうなずいた。

朝、水や鏡に映った人の姿を「朝影」と呼ぶのだという。

「晴れた日は、朝日に照らされた池の輝きも綺麗でなぁ」

朝日の光も「朝影」と呼ぶのだ、と彦兵衛は続けた。

おふさはそっと白玉を手で指し示した。

「橋は、過去と未来を繋ぐ現在も表します。日本橋に住む現在《いま》が幸せでありますようにという願いを込め、また、この先の未来も安寧でありますようにという祈りを込めて、邪気払いの小豆餡を使いました」

おいとが目尻を下げて、おふさを見つめる。

「これはまさしく三世の甘露ですね」

彦太郎が同意する。

「甘露には、天上の神が飲む不老不死の霊液という意味もあるそうだ。古稀の祝いに、素晴らしい物を作っていただいた」

彦兵衛はうなずいて、器を手にした。添えられていた匙で、濃茶をすくう。

「む——この下にも何か——」

深く匙を入れ、底のほうからすくい取った物を、彦兵衛は凝視した。

「葛か……？」

口に入れ、瞑目する。

「濃茶の苦みの奥から漂ってくる、ほのかな甘さ——とろりと心身に染み入った、山寺の葛湯を思い出す」

瞑目したまま嚙みしめて、飲み込むと、彦兵衛は深い息をついた。

「この上なく素晴らしい食事の最後に、このような味わいをいただけるとは夢にも思わなかった」

「それが最後じゃねえんだよ」

怜治の声に、彦兵衛は目を見開いた。

「何と、まだ続きがあるとおっしゃるのか」

慎介が曙色の紙を手にして、橘屋一家の前に居住まいを正した。

「本日の献立紙でございます。お持ち帰りいただき、時折本日の膳を思い出していただけましたら幸いでございます」

受け取った橘屋一同は献立紙を見てから、おふさに目を移す。

四人の強い眼差しを浴びて、おふさは戸惑い顔になった。怪訝そうに、ちらりと献立紙を覗き込んで、しばし絶句する。

「何これ——『おふさからの』って——」

「最後に書いてあります『おふさからの』のあとは、ご覧の通り、空白になっております」

動揺するおふさに構わず、慎介が続けた。

「橘屋のみなさまが、それぞれ思い浮かべられたお言葉をそこに入れて、本日の献立の完成とさせていただきたく存じます」

おふさはうろたえながら、慎介を見る。

「どういうことですか」

　慎介は静かに、おふさを見つめ返した。

「おめえの言葉で、『三宝づくし』の膳を仕上げろ」

「そんな――」

　おふさは混乱したように頭を振る。

　ちはるは調理場を出て、入れ込み座敷の前に立った。

「おふさ、今が機会なのよ」

「何を言っているの」

「機会とは、自ら作るもの」

　慈照の言葉をくり返せば、おふさは、はっとしたように動きを止めた。

　ちはるは口角を上げて、にっと笑う。

「絶対に最高の祝い膳を作り上げてみせるって、あんた、慈照さまの前でも誓ったわよねえ」

　おふさは膝の上で拳を握り固めて、こくりとうなずいた。ぎゅっと唇を引き結び、頭の中で必死に考えをまとめているような表情になる。

　橘屋一家も、朝日屋一同も、じっとおふさを見守った。誰も何も言わず、ただひたすら待ち続ける。

やがて、おふさは意を決したように背筋を伸ばして、彦兵衛に向き直った。

「お祖父ちゃん」

朝日屋の仲居として、彦兵衛を何と呼ぶべきか迷ったような表情をしたのちに、おふさが口を開いた。

「古稀おめでとうございます。昔の人は『七十歳まで長生きをする者は稀《まれ》である』なんて言っていたらしいけど――」

盛唐の詩人である杜甫《とほ》が「人生七十古来稀」と詩の一節に詠んでいる。

「七十なんかじゃ全然足りない」

おふさは彦兵衛をじっと見つめた。

「あと十年も、二十年も――ううん、百を超えても、ずっと元気でいて欲しい」

彦兵衛は困ったように微笑んだ。嬉し涙をこらえているように見える。

「お祖父ちゃんには、うんと長生きしてもらわないと困るの。だって、わたしがいつか越えたいと思っている存在なんだから」

おふさが声を詰まらせた。

「わたし、この先も仲居の仕事を続けていきたいと思っています」

すんと鼻を小さく鳴らして、おふさは続ける。

「朝日屋に来て、初めて、人のために何かをすることが楽しいと思えた。喜んでもらえると、ものすごく嬉しいと思った。お客さんに『ありがとう』って言われると、どんなに小さなことでも、やってよかったという大きな充実が得られるの」

橘屋一家は身じろぎひとつせずに、おふさの言葉に耳を傾けている。

「お礼を言われるために何かをするわけじゃないけど――でも、人に喜んでもらえる仕事を、これからもしていきたいと思うわ」

おふさは彦兵衛に向かって頭を下げた。

「わたしを朝日屋に連れてきてくれて、本当にありがとうございました。これからも、ずっと見守っていてください」

彦兵衛は大きくうなずいた。その両目からは涙が溢れている。

「お客さまの心に寄り添える、立派な仲居になりなさい」

「はい」

おふさの目からも涙が流れる。胸の内に溜まっていた思いが堰《せき》を切って溢れ出したかのように、止まらなくなった。

たまおがそっと、おふさに手拭いを渡す。おふさは手拭いに顔をうずめるようにして、ごしごしと涙を拭いた。

たまおは優しく微笑んで、橘屋一家の前に居住まいを正す。

「おふさちゃんは、きっといい仲居になりますよ。わたしも仲居頭として、しっかりと、おふさちゃんに寄り添ってまいります」

橋屋一家が深々と頭を下げた。

怜治が満足げに口角を上げる。

「これからも、いろんな出来事が訪れるだろうよ。迷い、悩み、泣き——だが、どんなにつらいことが起こっても、一人じゃなければ乗り越えられると、おれは信じている」

怜治は橋屋一家の前に両手をついた。

「朝日屋でも、みんなで互いに支え合っていく。それでも、どうしても、おふさが前へ進めなくなった時は、橋屋のみんなが家族として一緒に支えてくれ」

怜治が頭を下げる。

「どうか頼みます」

橋屋一家は怜治に向き直ると、床に額がつくほど深く頭を下げた。

「ありがとうございます。こちらこそ、今後ともどうぞよろしくお願いいたします」

泣き笑いを浮かべながら、橋屋一家は器に残っていた甘露を食べた。

大事な宝をそっと口に含むように、ひと口ずつ丁寧に味わう姿を見て、ちはるの胸は温かくなった。


翌朝、ちはるが井戸端へ出ると、空は晴れ渡っていた。

「おはよう」

勝手口のほうから上がった声に振り向くと、おふさが立っていた。

ちはるは小首をかしげる。

「いつもより早いじゃない。たまおさんは一緒じゃないの？」

おふさがうなずいて、歩み寄ってくる。

「目が覚めたら、やる気がみなぎって、うずうずしちゃったのよ」

おふさは空を仰いだ。朝の光を浴びて、嬉しそうに目を細める。

ちはるも頭上を見上げた。

青空に浮かぶ日輪が、きらめく光を放っている。

今日は暑くなりそうだ。

そろそろ盛夏に向けての菓子も考えねばなるまい――やっちゃ場には、どんな水菓子（果物）が入ってくるだろうか――。

「さあ、入れ込み座敷の掃除をしようかしら」

おふさが張り切った声を上げて、勝手口へ向かう。

「あんたも仕事にかかりなさいよ。魚河岸へも行かなきゃならないんでしょう。慎介さんを待たせちゃ駄目よ」

「わかってるわよ」

競い合うようにして、中へ入る。

鳥のさえずる声がして、振り返ると、裏庭に降り注ぐ日の光の中へ、二羽の雀が舞い降りたところだった。

挿画　中島梨絵

本書を執筆するにあたり、左記の方々に多大なる協力をいただきました。
ほしひかる氏（特定非営利活動法人 江戸ソバリエ協会理事長）
小林朗氏（豊洲仲買人、元料理人）
一般社団法人 東京築地目利き協会
この場を借りて、心より御礼を申し上げます。
著者

本作は書き下ろしです

中公文庫

まんぷく旅籠《はたご》 朝日屋《あさひや》
とろとろ白玉《しらたま》の三宝《さんぼう》づくし

2023年11月25日　初版発行

著　者　高田《たかだ》 在子《ありこ》

発行者　安部 順一

発行所　中央公論新社
〒100-8152　東京都千代田区大手町1-7-1
電話　販売 03-5299-1730　編集 03-5299-1890
URL https://www.chuko.co.jp/

DTP　嵐下英治
印　刷　大日本印刷
製　本　大日本印刷

Published by CHUOKORON-SHINSHA, INC.
Printed in Japan　ISBN978-4-12-207442-2 C1193

中公文庫既刊より

各書目の下段の数字はISBNコードです。978－4－12が省略してあります。

あ-83-1
闇医者おゑん秘録帖
あさのあつこ
「闇医者」おゑんが住む、竹林のしもた屋。江戸の女たちにとって、そこは最後の駆け込み寺だった――。女たちの再生の物語。〈解説〉吉田伸子
206202-3

あ-83-2
闇医者おゑん秘録帖 花冷えて
あさのあつこ
子堕ろしを請け負う「闇医者」おゑんのもとには、今日も事情を抱えた女たちがやってくる。「診察」は、やがて「事件」に発展し……。好評シリーズ第二弾。
206668-7

い-8-4
獅　子
池波正太郎
九十歳をこえてなお「信濃の獅子」と謳われた真田信之が、松代十万石の存亡を賭け、下馬将軍・酒井忠清に挑む、壮絶な隠密攻防戦。〈解説〉小谷正一
202288-1

い-8-8
青春忘れもの　増補版
池波正太郎
小卒の株仲買店の小僧が小説家として立つまで――。著者の創作のエッセンスが詰まった痛快な青春記。短篇小説「同門の宴」を併録。〈解説〉島田正吾
206866-7

い-8-9
食卓のつぶやき
池波正太郎
幼き日の海苔弁当から大根の滋味に目覚めるまで。東京下町から仙台、フランス、スペインまで。味と人をめぐる美味しい話。〈巻末対談〉荻昌弘「すきやき」
207134-6

い-8-10
チキンライスと旅の空
池波正太郎
自分が生まれた日の父の言葉、初めての人と出会う旅の醍醐味、薄れゆく季節感への憂い……国民作家が語る食、旅、暮し。座談会「わたくしの味自慢」収録。
207241-1

お-82-1
時《し》平《へい》の桜、菅公の梅
奥山景布子《きょうこ》
孤高の俊才・菅原道真と若き貴公子・藤原時平。身分も年齢も違う二人は互いに魅かれ合うも、残酷な因縁に辿り着く――国の頂を目指した男たちの熱き闘い！
205922-1

お-82-2
恋衣　とはずがたり
奥山景布子
後深草院の宮廷を舞台に、愛欲と乱倫、嫉妬の渦に翻弄される一人の女性。遺された日記を初めて繙いた娘の視点から、その奔放な人生を辿る。〈解説〉田中貴子
206381-5

お-82-3
秀吉の能楽師
奥山景布子
太閤秀吉を能に没頭させよ、との密命を帯び、天下人に近づいた能楽師・暮松新九郎。能に見せた秀吉の狂気はやがて新九郎を翻弄してゆく。〈解説〉縄田一男
206572-7

お-82-4
江戸落語事始　たらふくつるてん
奥山景布子
口下手の甲斐性なしが江戸落語の始祖⁉ 殺人の濡衣や綱吉の圧制に抗いながら、決死で〝笑い〟を究めた咄家・鹿野武左衛門の一代記。〈解説〉松尾貴史
207014-1

お-82-5
圓朝
奥山景布子
「怪談牡丹灯籠」を生んだ近代落語の祖・三遊亭圓朝。師匠や弟子に裏切られる壮絶な芸道を歩み、人々に愛される怪物となった不屈の一代記。〈解説〉中江有里
207147-6

き-37-1
浮世女房洒落日記
木内昇
お江戸は神田の小間物屋、女房・お葛は二十七。あっけらかんと可笑しくて、しみじみ愛しい、市井の女房が本音でつづる日々の記録。〈解説〉堀江敏幸
205560-5

き-37-2
よこまち余話
木内昇
ここは、「この世」の境が溶け出す場所――ある秘密を抱えた路地を舞台に、お針子の齣江と長屋の住人たちが繰り広げる、追憶とはじまりの物語。
206734-9

こ-30-1
奇食珍食
小泉武夫
蚊の目玉のスープ、カミキリムシの幼虫、ヒルのソーセージ、昆虫も爬虫類・両生類も紙も灰も食べつくす、世界各地の珍奇でしかも理にかなった食の生態。
202088-7

こ-30-3
酒肴奇譚《しゅこうきたん》　語部醸児之酒肴譚《かたりべじょうじのしゅこうたん》
小泉武夫
酒の申し子「諸白醸児」を名乗る醸造学の第一人者で、東京農大の痛快教授が〝語部〟となって繰りひろげる酒にまつわる正真正銘の、とっておき珍談奇談。
202968-2

各書目の下段の数字はISBNコードです。978-4-12が省略してあります。

こ-30-5 灰と日本人 小泉武夫

発火、料理、消毒、肥料、発酵、製紙、染料、陶芸等、道具や材料だった必需品について食生活、社会、風俗、宗教、芸術に分け入り科学と神秘性を解き明かす。

206708-0

や-49-1 菜《な》種《たね》晴《ば》れ 山本一力

五歳にして深川の油問屋へ養女に迎えられた菜種農家の娘。その絶品のてんぷらは江戸の人々をうならせる。いくつもの悲しみを乗り越えた先に、彼女が見たものとは。

205450-9

や-49-2 まねき通り十二景 山本一力

頑固親父にしっかり女房、ガキ大将に祭好き……お江戸深川冬木町、涙と笑いで賑わう毎日。著者自ら「格別に好きな一作」と推す、じんわり人情物語。

205730-2

や-49-3 ずんずん! 山本一力

おれたちが届けるのは牛乳だけじゃない。若き牛乳配達員が、顧客宅での救出劇や切ない恋を乗り越え成長する。〝届ける人〟の尊さが胸に染み入る宅配物語。

206939-8

た-94-1 まんぷく旅籠 朝日屋 ぱりとろ秋の包み揚げ 高田在子

お江戸日本橋に、ワケあり旅籠が誕生⁉ 人生のどん底を知り、再出発を願う者たちが集められた新生「朝日屋」が、美味しいご飯とおもてなしで奇跡を起こす!

206921-3

た-94-2 まんぷく旅籠 朝日屋 なんきん餡と三角卵焼き 高田在子

店先で、元女形の下足番・綾人に「動くな!」と命じる男の声。ちはるが覗いてみると……料理自慢の「朝日屋」は、今日も元気に珍客万来! 文庫書き下ろし。

207079-0

た-94-3 まんぷく旅籠 朝日屋 しみしみがんもとお犬道中 高田在子

今度の泊まり客は、お伊勢参り中の犬⁉ 珍客万来、今日も賑わう旅籠朝日屋だが、下足番の綾人が気になる人影を目撃する……。文庫書き下ろし。

207208-4

た-94-4 まんぷく旅籠 朝日屋 あつあつ鴨南蛮そばと桜餅 高田在子

朝日屋の主・怜治の元同僚、火盗改の柿崎詩門が盗賊に斬られたらしい。安否を確かめにいった怜治だったが、本人に会うことはできず……。文庫書き下ろし。

207343-2